U0530378

大家小书

老舍幽默文集

老舍 著

北京出版集团 北京出版社

图书在版编目（CIP）数据

老舍幽默文集 / 老舍著. — 北京：北京出版社，2022.4
（大家小书）
ISBN 978-7-200-15239-5

Ⅰ. ①老⋯ Ⅱ. ①老⋯ Ⅲ. ①中国文学—现代文学—作品综合集 Ⅳ. ①I216.2

中国版本图书馆CIP数据核字（2019）第282747号

总 策 划：安　东　高立志
项目统筹：吴剑文
责任编辑：王忠波　吴剑文
责任印制：陈冬梅　燕雨萌
装帧设计：人马艺术设计·储平

·大家小书·

老舍幽默文集

LAOSHE YOUMO WENJI

老舍 著

出　　版	北京出版集团
	北京出版社
地　　址	北京北三环中路6号
邮　　编	100120
网　　址	www.bph.com.cn
总 发 行	北京出版集团
印　　刷	北京华联印刷有限公司
经　　销	新华书店
开　　本	880毫米×1230毫米　1/32
印　　张	10.625
字　　数	155千字
版　　次	2022年4月第1版
印　　次	2022年4月第1次印刷
书　　号	ISBN 978-7-200-15239-5
定　　价	45.00元

如有印装质量问题，由本社负责调换
质量监督电话 010-58572393

序

老舍夫人胡絜青大嫂嘱咐我为《老舍幽默文集》写序,信上说"你写这篇序是再合适不过的"。我感到荣幸,也有点迟疑;但又觉得并非全出于大嫂对我的错爱。

回顾在三十年代,我对文坛流行的幽默风是很不以为然的。那时看问题容易偏激,总以为幽默是英国绅士醉饱之余的玩艺儿,相信鲁迅说的"把屠夫的凶残化为一笑"的话,认定讽刺好,幽默不合当时国情。我曾写信作文跟人争辩,说得理直气壮。其实幽默与讽刺,往往很难区分;我对鲁迅那个警句的理解也不免简单化,随着岁月和阅历的增长,我知道看事不能从概念出发:幽默也有不同的内容,讽刺也有不同的观点,情况变化无定,笼统地看是不对的。话虽这么说,我对老舍的幽默文完全改变了看法,却是在认识到他的为人以后的事。

从八年抗战直到解放以后，我是老舍很亲密的友人之中的一个，尤其是重庆的一段时期，我们同作"涸辙之鲋"，常常一处同吃、同住、同工作、同游散。无话不谈。老舍比我大九岁，资历方面也是我的前辈。我本来称呼他"老舍先生"，他多次反对，说："这不行，多生分！"他要我叫他"舍予兄"。他写给我的诗，有"有客知心同骨肉，无钱买酒卖文章"之句。老舍于公于私无不肺腑相见，一秉至诚。从长期的过从交往中，我看到他大义凛然，尽其在我的风采；我看到他刻苦自励，勤奋不懈的做派；我看到他推己及人，润物无声的心肠；他是非常可敬，非常可亲的；他也许还有些弱点或缺点，但在我的私心里，却因此愈觉得他的可爱。

我们常说"文如其人"，西方也有"人格即风格"的话。这恐怕是至理名言，我确乎是从认识他的为人才真正认识他的文章的。那么，就在本文的题目内，谈一点我所知道的老舍的为人罢。

我第一次见到老舍，是一九三三年寒假在燕园郑振铎师家里；他从济南回北京探亲，郑先生请他吃饭。席上谈到他的力作《大明湖》在"一·二八"沪战中毁掉，也谈到他的《赵子曰》等几部早期作品。他说："《大明湖》像样一点，那一些只是抱着幽默死啃！"他说得那么坦率，我们都笑了。主人为他的损失表示痛惜和歉意，他笑着说："国难嘛。我想说《大明湖》比咱中国还值钱，可谁相信！"我们不由得又笑了。他走了以后，郑先生说："老舍非常之有趣。"我们谁都感到那是一种难言的苦趣。这坦率和苦趣，留给我对他本人的第一次印象，平日从他的文章里好像还没有这么鲜明地感觉到过。

一九三七年冬，老舍提一只小提箱，独自一人到了武汉。他把温暖的家庭丢在快要沦陷的济南；三个孩子，大的四岁，小的不满百天；夫人也是文弱有病的。我们在冯（玉祥）先生处工作的人刚从那里撤退出来，亲眼看见车站挤得水泄不通，车顶上也扒满了人，哭声枪声一片鼎沸，沿途的兵荒马乱更难尽述。替老舍设身处地一想，他的弃家独行，毅然决然，特别教人感动。记得冯先生随手题诗道：

老舍先生到武汉，

提只提箱赴国难；

妻子儿女全不顾，

蹈汤赴火为抗战！

老舍先生不顾家，

提个小箱子撑中华；

满腔热血有如此，

全民团结笔生花！

这首冯体"丘八诗"很可能没有流传，它无意中写出了老舍为人或思想的一个精要之点。由此，冯先生把老舍从他的友人家里请到武昌千家街福音堂他的办事处来住。接着筹备和成立"中华全国文艺界抗敌协会"，他应邀参加，并被推举为主持人。他说："我是个老几？我不能主持。"最后他顶着个总务组长的名衔，大小会务实际都由他负责。从此直到抗战胜利，他担当了多少烦难的工作，写了多少有影响的作品、文章啊！

这里我举几件平常事以见一斑。

关于文协经费，掌权的有关机构原是批准了数目的，可是到时候却领不到手；他们眼见文协装不进自己的荷包，经费就不认账了，老舍几经当面交涉，还是一文不给。他只得各方托钵告贷，勉强应付会址和云集而来的会员们食宿招待费用。这还是一九三八年武汉团结局面被称为最好时候的事。后来到了重庆，"摩擦"表面化，当权的方面对文协也剑拔弩张了，首当其冲的当然也是老舍。一次有个头头召见他，说："我很知道你，你是无所谓。可你要提防被人利用。"老舍说："你既知道我，很感激。但我怎么就无所谓？我是中国人，我爱国，我要抗战。全中国老百姓都要抗战！我被谁利用？我只知道老百姓，我只知道抗战。这没错！我看你也应该叫老百姓利用利用。"这回的官司就这么不了了之。

老舍主持文协，坚持全民抗战的统战精神，对文艺界朋友不分彼此，一视同仁。若说有个标准，那还是老舍自己说的，谁抗战，谁就好；谁为害抗战，谁就不好。在国共之间，"我是有个权衡的：共产党的话，就是老百姓的话；国民党老爷们总不干好事，这回抗战，我算试出来了。我当然听老百姓的，只怕懂得太少，做得不好！"

老舍对文艺界朋友无不一见如故，亲如弟兄。"我拿的稿费比你的多，这次你让我付账。"他喜欢拉朋友下小饭馆喝一杯，总是这么说。他也关心到年轻朋友的私生活。说谁被邀到谁的套间里去住了，"这是否妥当？该不该提醒一下？"

在重庆，有个朋友染上某种嗜好，行为不大检点，一次顺手牵羊拿了老舍客人的大衣和呢帽溜走了，想到当铺押钱去过瘾。老舍很敏感，追到街上，塞一张五元票子给那朋友，夺过他手里的衣帽，捶了他一下肩膊："咳，真没法说你！"

老舍可也不是滥好人。有个常见面的家伙送来一篇小文，要登《抗战文艺》，文里吞吞吐吐造了些谣言，对团结抗战下了些毒。老舍不止一次接到这种稿子，也知道他有来头，说："这稿子不能用。"此人说："我靠这个买米吃。"老舍气得手抖，掏出五元摔在桌上，说："你拿了去！"此人拿了钱就走。老舍说："真无耻！"这是我第一次听到老舍骂人。

必须说，老舍向来埋头教书、埋头写作，不善于从事政治性社会活动的。他对文协工作充满热情和信心，这跟中国共产党的信任和大力支持分不开,这里面,周恩来同志即后来我们的总理的卓识远见是主要的力量。据我所知,当初文协在筹备中,总理就说:"要老舍来主持,别人都不如他合适!"这个建议不只考虑了"天时",也考虑了"人和"。抗战八年的工作证明,有这个文协,就得有这个"总务组长";不是他,文协运转不起来,很难办成什么事。文艺界朋友绝大多数拥护他,爱戴他。总理同老舍接触是经常的事,也经常同党内外的人谈文协的工作。老舍和我同住歌乐山和陈家桥的时候,总理多次来找老舍和我们闲谈,有时邓大姐也同来。老舍对总理衷心敬仰,他说:"这就是共产党;没有别的,就是大公无私,为国、为民!对每个人都热情关注,目光四射!"他在总理跟前什么话都说,有时问东问西,像个小孩子;连他手头正写的作品遇到问题也提出来请教,总理也就现身说法,谈自己的意见。在写什么、怎么写的问题上,有机会他也找总理谈。在重庆曾家岩、北京颐年堂、紫光阁,我曾不止一次听过那种无拘无束的谈论。解放后,他只剧本就写了几十个,那影响是显而易见的。

老舍写得多，在文艺界可称独一无二，他什么都写，除诗歌、小说、剧本而外，从数来宝、时调、大鼓书以至拉洋片、坠子、相声、戏曲，无所不写。他努力学习、刻苦撰作，不厌其烦的求教，一次次的修改。他不止学唱，也亲自扮演，我们都见过老舍随手系一块手帕在头上，演双簧说相声。别人笑，他可不笑。

我所看见的老舍，每天都写，有空就写。一天没有动笔，他就郁抑不快："这不行，今天没出活儿！"不要以为老舍写作总是轻松愉快的。他体弱有病，和我说过："我是吃杂粮米糊糊长大的。我有胃下垂的老毛病。"他把写作当件苦役来做。他常常一边写，一边苦思苦想，桌上摊开纸笔，床上或凳上摊一副三十二张的骨牌。写不出，就放下笔，拿起骨牌"淘井"，或"过关斩将"，但又不安心，推开骨牌又去写。有时握着笔，哼呀哼，点头使劲；于是摸摸脑勺，又去弄骨牌，他在一篇文章里说："过度勉强，每每使写作变成苦刑。勉强得几句，绝对不是由笔中流出来的，而是硬把文字堆砌在一处。这些堆砌起来的破砖烂瓦是没法修改的。最好的办法是把纸撕掉另写。""我知道它不好，可是没法不厚颜去发表。""假若社会还需要文艺，大家就须把文艺作家看成个非吃饭喝茶不可的动物！"这是他解放前的肺腑之言，真是字字看来都是血。

在歌乐山我同他到附近磁器口山上一处磁器作坊去玩。我们看见磁器工人在轮盘上面制作窑坯，还有在窑坯上画画写字的，都是一个个、一笔笔、千篇一律，动作简单飞快，争分夺秒。问到工钱，制一托（二十个）三分，画一托二分。我们不禁慨叹："看看，这才叫工作，一天到晚，一年到头，他们就这么辛苦单调地干，为千家万户供应生活必需品，也不落个款、署个名；就这么不言不语，挣这么点钱养家活口。"我们也想到社会不公平，但更多是为工人的劳动态度所感动。老舍行动说话都十分收敛；叮嘱说："可别耽误了他们！"我忽然想起他常说的"出活儿"的话，好像对他的为人又有了深一层的了解。

但是，老舍斤斤计较自己出不出"活儿"，难道只是为了挣饭吃吗？实际又并非如此。他辛勤写作，尤其小说剧本以外的文章，如一些幽默文，都是为供应各种报刊的索稿。"不写一点，人家刊物拿什么付排？""办个刊物可不易。要满足他们不同的需要，这是责任！""大团结嘛，不能顾此失彼！没稿子，人家可为难呢。"

老舍为人随和，交游广阔，与人相处，毫无成见偏见，最能大度包容。他跟任何初识与隔行的人往来，都能娓娓而谈，越谈越亲密，终日不倦。他同许多戏曲、说唱艺人结交，例如山药旦、董连枝等。他曾带我到他们家赴约，看到他们全家大小对他的那个亲热劲儿，简直教我难于想象。后来在北京，东来顺、萃华楼，许多饭馆的厨师和服务员，都是他的熟朋友，见面亲如家人，这是我们亲见的。

老舍看人是高度现实主义的。他认为世界上没有尽美尽善的东西。现实生活也不能十全十美。正因为如此，人们才有理想与愿望，才有活动与奋斗的意义。他甚至十分欣赏所谓"缺陷美"，认为可爱的东西往往是有些缺陷的。

由此可以论及他对幽默的看法。他经常注意和研究人们的"心态"。他好像认为，小生产者社会的落后面是客观存在的，这也包括他自己在内。"我是个老几？"意谓自己也不高明。别人有那个弱点，我有这个缺点，根深蒂固，很难补正。在心态上，他确是抱着同情阅人阅世的。这就是他的幽默感的来由。他跟我讨论，说："讽刺当然好，但要看得比别人高，比别人远，比别人透。我有时也有讽刺，但不多，也不够辛辣，那对象往往也包括我自己。我也是个芸芸众生，和别人一样，别人有的，我也有，我只能同情地看待，莞尔一笑，不痛不痒。"关于这个问题，我们曾多次讨论与争辩，我并没有完全接受他的主张与观点，可是在理解上比过去丰富得多，明确得多。

确实，老舍的幽默往往挖苦或嘲弄自己，如前面所述他给我第一次印象的坦率与苦趣。但这也不能认真或看死。他有一篇写关于我的小文，说他常常带着几个酸得不能进嘴的桃子给我家小孩，骗一顿饭吃。实际是，他每次来我家，因熟知当时我们手头困难，又多病，他多是买了丰富的肉、菜带了来，让我们全家趁此打一次"牙祭"。这就是老舍的幽默。他在文章里每谈及文协缺少经费，说文艺界朋友不顾手头拮据都自掏腰包，这也同样不能认真看死。

老舍熟悉民间事物，对传统文化有渊博的知识。朋友们闲坐，总要老舍说个笑话。这是最受欢迎的节目。我听过老舍无数的笑话，素的、荤的，可以说多是精彩不俗的。有一次，他谈了如下一个笑话：

有一个乡下人进北京城，口渴了，想喝口水。看到浴堂挂着"清水池堂"的牌子。他认识水字，以为这是卖水的；掏出个大子儿往柜台上一拍："来一碗！"掌柜的嫌他冒昧，真叫堂倌舀了一碗给他。他喝了，抹抹嘴就走，半路发现烟袋丢在柜台上忘了拿，赶紧跑回去，掌柜的怎会看得上他的烟袋？当然还了他："小心，不要再丢了。"他想，城里人不老实，可对我这么好，心里感激，对掌柜的说："你对我这么好，我也有句要紧的话告诉你：你这水要快卖，有点儿馊了。"

老舍对我说："你会分析，你看这个笑话怎么样？"这是个民间（小市民）嘲笑乡下人的笑话。《笑林广记》除了嘲笑人身缺陷的，最多的就是这类笑话。从最古的《笑林》就如此。但老舍谈的这个，却有所不同。他本意也是嘲笑乡下人，可我们听了，反而觉得那掌柜的可鄙可恶，而对那乡下人的诚朴，我们不能不肃然起敬。老舍说："不是常说现实主义创作方法和世界观的矛盾？这是不是一个好例子？"是老舍说的笑话，也就带有老舍的风格。

在重庆最无聊的是空袭中躲防空洞的时候。常常进了洞就出不来，久久闷坐着，无以自遣。后来我们就拿文艺界的人名拼凑诗句。一次，老舍把膝头一拍，对我说："大雨洗星海！看这一句有多雄阔！有本领，你对！"我对上一句："长虹穆木天。"他也说不差。一次我说："你听这一句：梅雨周而复。"他想了想拍手说："蒲风叶以群！多棒！"这两联，以后凑成两首五律，并加上了标题：

也频徐仲年，火雪明田间；

大雨洗星海，长虹穆木天；

佩弦卢霁野，振铎欧阳山；

王语今空了，绀弩黄药眠。　　（忆昔）

望道郭源新，芦焚苏雪林；

烽白朗霁野，山草明霞林；

梅雨周而复，蒲风叶以群；

素园陈瘦竹，老舍谢冰心。　　（野望）

这种人名诗，老舍不认为只是无聊消遣，说这也体现着文艺界大团结，彼此不存畛域的意思；又添了许多首加上《与抗战有关》的总题目，送到《新蜀报副刊》发表出来。

老舍很讲究词句的调遣和语言的技巧。他喜欢作旧体诗，作的很多，兴来落笔，讲究工稳，讲究意境。得一佳句，就自我欣赏，拍桌叫好；可别人提出了不同的意见，他斟酌一下，往往从善如流，毫不固执。他常说："入声字我老搞不清，你替我看看。"他写了作品，也喜欢拉人听他读几段，征求意见，而后修改。

我受他这方面的激励，一九四四年他创作二十年纪念，我凑了一首七言律的人名诗对他祝贺，他瞪了我一眼，认为不但工巧，而且有章法，有内容，真像那么回子事，表示欣赏。在天官府小会上，郭老把它朗诵了出来，原诗如下：

戴望舒老向文炳，凡海十方杨振声；

碧野长虹方玮德，青崖火雪明辉英；

高歌曹聚仁薰宇，小默齐同金满城；

子展洪深高植地，寿昌滕固蒋山青。

关于老舍的为人，在这里，只能拉杂谈这样一些。目的是想对他的文章有所参考说明。抱憾的是，老舍的写作有发展，我对它的认识也有个过程；以上我只是笼而统之的谈，如一座大山，我管窥了一丘一壑，对全貌可能有歪曲失当的地方，敢以敬呈絜青大嫂和本集读者，尚祈不吝教正。

吴组缃

目录

祭子路之岳母文 _1

一天 _4

昼寝的风潮 _13

当幽默变成油抹 _15

天下太平 _21

不远千里而来 _23

吃莲花的 _33

买彩票 _38

有声电影 _42

科学救命 _47

特大的新年 _50

讨论 _53

新年的二重性格 _58

自传难写 _61

一九三四年计划 _64

记懒人 _67

狗之晨 _75

新年醉话 _86

抬头见喜 _90

写信 _95

辞工 _97

不食无劳 _101

为被拒迁入使馆区八百余人上外交总长文 _103

到了济南 _105

大发议论 _116

旅行 _124

夏之一周间 _131

观画记 _135

更大一些的想象 _141

药集 _145

小病 _149

习惯 _153

考而不死是为神 _157

《牛天赐传》广告 _160

避暑 _163

暑中杂谈二则 _167

婆婆话 _171

取钱 _179

写字 _185

读书 _189

谈教育 _194

有钱最好 _196

西红柿 _201

再谈西红柿 _204

暑避 _207

檀香扇 _209

立秋后 _212

等暑 _214

丁 _216

青岛与我 _223

《天书代存》序 _228

鬼与狐 _232

代语堂先生拟赴美宣传大纲 _237

相片 _243

番表 _249

我的理想家庭 _256

有了小孩以后 _260

搬家 _267

大明湖之春 _272

文艺副产品 _277

理想的文学月刊 _285

画像 _288

四位先生 _293

梦想的文艺 _301

狗 _304

大智若愚 _306

"住"的梦 _308

兔儿爷 _312

给赵景深的一封信 _315

祭子路之岳母文

子不语怪、力、乱、神。知乎此，则"与本刊性质不合之稿，概不刊登"的钉子可以免碰矣。猴面人身的小儿，竟产于黑衫之意大利，怪则怪矣，不敢以投《论语》。华北运动会之一千八百米接力，"力"且"接"，则再接再厉，理当回避。山东四川之内战，乱则乱矣，不敢高呼小子鸣鼓而攻之，况小子手内多无鼓乎。"来稿概无金钱上之报酬"，钱能通神者也；钱既决心不要，神乌得通，亦打倒宗教之一方也。此四者备，而来投稿，一言以蔽之，曰：思无邪！

那么，《论语》到底要什么样的稿子呢？问题似乎太大，不免然而大转一下：到底投稿者应抱什么态度呢？当今之世，向杂志投稿有二道焉：曰党同，曰伐异。党《论语》群贤之同，定遭几个"岂敢，岂敢！"反之，伐《论语》群贤之异，又难免"委实不知道！"打上前来。怎办？三思，四思，而至百思曰：有了，子路之岳母，其庶几乎。何则？是为序。

夫子路之岳母者，子路之妻母而孩子们之姥姥也。夫姥姥何为而反对子路办报也？不闻乎夫子乎："由也，升堂矣，未入于室也。"子路而升堂，显系知县大老爷矣，知县而升堂，而未入于室，是因公废私，而欲试行生育制裁者矣。而再办报，入室之望微矣！齐家而后国治，子路独不知耶？岳母之用心其女中尧舜也欤；呜呼哀哉！而子路之友，于老太太归天之际，齐呼"山梁雌雉，时哉时哉！"且三嗅而作焉。焉作？作《论语》？是可忍孰不可忍！谨以猪头三牲，香蜡纸马，献于老太太之灵前，而哭之曰：

呜呼老太太，时哉，时哉！

苟非其时，焉得《论语》？

苟当其时，由也不得入宇（宇者室也）。

泰水其颓，失之子羽。

水气上蒸，泪下如雨！

呜呼哀哉,时哉时欤(欤读如与)!

编辑先生:小的胆大包天,要在圣人门前卖几句《三字经》,作了篇《祭子路之岳母文》。如认为不合尊刊性质,祈将原稿退回,奉上邮票五分,专作此用。如蒙抬爱,刊登出来,亦祈将五分邮票不折不扣寄回,以免到法庭起诉。

敬祝论祺

小的 老舍敬启

一天

闹钟应当，而且果然，在六点半响了。睁开半只眼，日光还没射到窗上；把对闹钟的信仰改为崇拜太阳，半只眼闭上了。

八点才起床。赶快梳洗，吃早饭，饭后好写点文章。

早饭吃过，吸着第一支香烟，整理笔墨。来了封快信，好友王君路过济南，约在车站相见。放下笔墨，一手扣钮，一手戴帽，跑出去，门口没有一辆车；不要紧，紧跑几步，巷口总有车的。心里想着：和好友握手是何等的快乐；最好强迫他下车，在这儿住哪怕是一天呢，痛快的谈一谈。到了巷口，没一个车影，好像车夫都怕拉我似的。

又跑了半里多路才遇上了一辆，急忙坐上去，津浦站！车走得很快，决定误不了，又想象着好友的笑容与语声，和他怎样在月台上东张西望的盼我来。

怪不得巷口没车，原来都在这儿挤着呢，一眼望不到边，街上挤满了车，谁也不动。西边一家绸缎店失了火。心中马上就决定好，改走小路，不要在此死等，谁在这儿等着谁是傻瓜，马上告诉车夫绕道儿走，显出果断而聪明。

车进了小巷。这才想起在街上的好处：小巷里的车不但是挤住，而且无论如何再也退不出。马上就又想好主意，给了车夫一毛钱，似猿猴一样的轻巧跳下去。挤过这一段，再抓上一辆车，还可以不误事，就是晚也晚不过十来分钟。

棉袄的底襟挂在小车子上，用力扯，袍子可以不要，见好友的机会不可错过！袍子扯下一大块，用力过猛，肘部正好碰着在娘怀中的小儿。娘不加思索，冲口而成，凡是我不爱听的都清清楚楚的送到耳中，好像我带着无线广播的耳机似的。孩子哭得奇，嘴张得像个火山口；没有一滴眼泪，说好话是无用的；凡是在外国可以用"对不起"了之的事，在中国是要长期抵抗的。四围的人——五个巡警，一群老头儿，两个女学生，一个卖糖的，二十多小伙子，一只黄狗——把我围得水泄不通；没有说话的，专门能看哭骂，笑嘻嘻的看着我挨雷。幸亏卖糖的是圣人，向我递了个眼神，我也心急手快，抓了一大把糖塞在小孩的怀中；火山口立刻封闭，四围的人皆大失望。给了糖钱，我见缝就钻，杀出重围。

到了车站，遇见中国旅行社的招待员。老那么和气而且眼睛那么尖，其实我并不常到车站，可是他能记得我，"先生取行李吗？"

"接人！"这是多余说，已经十点了，老王还没有叫火车晚开一个钟头的势力。

越想头皮越疼，几乎想要自杀。

出了车站，好像把自杀的念头遗落在月台上了。也好吧，赶快归去写文章。

到了家，小猫上了房；初次上房，怎么也下不来了。老田是六十多了，上台阶都发晕，自然婉谢不敏，不敢上墙。就看我的本事了，当仁不让，上墙！敢情事情都并不简单，你看，上到半腰，腿不晓得怎的会打起转来。不是颤而是公然的哆嗦。老田的微笑好像是恶意的，但是我还不能不仗着他扶我一把儿。

往常我一叫"球"，小猫就过来用小鼻子闻我，一边闻一边咕噜。上了房的"球"和地上的大不相同了,我越叫"球","球"越往后退。我知道,我要是一直的向前赶,"球"会退到房脊那面去,而我将要变成"球"。我的好话说多了,语气还是学着妇女的:"来,啊,小球,快来,好宝贝,快吃肝来……"无效!我急了,开始恫吓,没用。

磨烦了一点来钟,二姐来了,只叫了一声"球","球"并没理我,可是拿我的头作桥,一跳跳到了墙头,然后拿我的脊背当梯子,一直跳到二姐的怀中。

兄弟姐妹之间,二姐是我最好的朋友。她第一个好处便是不阻碍我的工作。每逢看见我写字,她连一声都不出;我只要一客气,陪她谈几句,她立刻就搭讪着走出去。

"二姐,和球玩会儿,我去写点字。"我极亲热的说。

"你先给我写几个字吧,你不忙啊?"二姐极亲热的说。

当然我是不忙,二姐向来不讨人嫌,偶尔求我写几个字,还能驳回?

二姐是求我写封信。这更容易了。刚由墙上爬下来,正好先试试笔，稳稳腕子。

二姐的信是给她婆母的外甥女的干姥姥的姑舅兄弟的侄女婿的。二姐与我先决定了半点多钟怎样称呼他。在讨论的进程中，二姐把她婆母的、婆母的外甥女的、干姥姥的、姑舅兄弟的性格与相互的关系略微说明了一下，刚说到干姥姥怎么在光绪二十八年掉了一个牙，老田说吃午饭得了。

吃过午饭，二姐说先去睡个小盹，醒后再告诉我怎样写那封信。

我是心中搁不下事的，打算把干姥姥放在一旁而去写文章，一定会把莎士比亚写成外甥女婿。好在二姐只是去打一个小盹。

二姐的小盹打到三点半才醒，她很亲热的道歉，昨夜多打了四圈小牌。不管怎着吧，先写信。二姐想起来了，她要是到东关李家去，一定会见着那位侄女婿的哥哥，就不要写信了。

二姐走了。我开始从新整理笔墨，并且告诉老田泡一壶好茶，以便把干姥姥们从心中给刺激走。

老田把茶拿来，说，外边调查户口，问我几月的生日。

"正月初一！"我告诉老田。

凡是老田认为不可信的事，他必要和别人讨论一番。他告诉巡警：他对我的生日颇有点怀疑，他记得是三月；不论如何也不能是正月初一。巡警起了疑，登时觉得有破获共产党机关的可能，非当面盘问我不可。我自然没被他们盘问短，我说正月与三月不过是阴阳历的差别，并且告诉他们我是属狗的。巡警一听到戌狗亥猪，当然把共产党忘了；又耽误了我一刻多钟。

整四点。忘了，图画展览会今天是末一天！但是，为写文章，牺牲了图画吧。又拿起笔来。只要许我拿起笔来，就万事亨通，我不怕在多么忙乱之后，也能安心写作。

门铃响了，信，好几封。放着信不看，信会闹鬼。第一封：创办老人院的捐启。第二封：三舅问我买洋水仙不买？第三封：地址对，姓名不对，是否应当打开？想了半天，看了信皮半天，笔迹、邮印，全细看过，加以福尔摩斯的判断法；没结果，放在一旁。第四封：新书目录，从头至尾看了一遍，没有我要看的书。第五封：友人求找事，急待答复。赶紧写回信，信和病一样，越耽误越难办。信写好，邮票不够了，只欠一分。叫老田，老田刚刚出去。自己跑一遭吧，反正邮局不远。

发了信，天黑了。饭前不应当写字，看看报吧。

晚饭后，吃了两个梨，为是有助于消化，好早些动手写文章。刚吃完梨，老牛同着新近结婚的夫人来了。

老牛的好处是天生来的没心没肺。他能不管你多么忙，也不管你的脸长到什么尺寸，他要是谈起来，便把时间观念完全忘掉。不过，今天是和新妇同来，我想他决不会坐那么大的工夫。

牛夫人的好处，恰巧和老牛一样，是天生来的没心没肺。我在八点半的时候就看明白了：大概这二位是在我这里度蜜月。我的方法都使尽了：看我的稿纸，打个假造的哈欠，造谣言说要去看朋友，叫老田上钟弦，问他们什么时候安寝，顺手看看手表……老牛和牛夫人决定赛开了谁是更没心没肺。十点了，两位连半点要走的意思都没有。

"咱们到街上走走，好不好？我有点头疼。"我这么提议，心里计划着：陪他们走几步，回来还可以写个两千多字，夜静人稀更写得快：我是向来不悲观的。

随着他们走了一程，回来进门就打喷嚏，老田一定说我是着了凉，马上就去倒开水，叫我上床，好吃阿司匹灵。老田的命令是不能违抗的，我要是一定不去睡，他登时就会去请医生。也好吧，躺在床上想好了主意明天天一亮就起来写。"老田，把闹钟上到五点！"

老田又笑了，不好和老人闹气，不然的话，真想打他两个嘴巴。

身上果然有点发僵，算了吧，什么也不要想了，快睡！两眼闭死，可是不困，数一二三四，越数越有精神。大概有十一点了，老田已经停止了咳嗽。他睡了，我该起来了，反正是睡不着，何苦瞎耗光阴。被窝怪暖和的，忍一会儿再说，只忍五分钟，起来就写。肚里有点发热，阿司匹灵的功效，还倒舒服。似乎老牛又回来了，二姐，小球……

"起吧，八点了！"老田在窗外叫。

"没上闹钟吗？没告诉你上在五点上吗？"我在被窝里发怒。

"谁说没上呢，把我闹醒了；您大概是受了点寒，发烧，耳朵不大灵，嚇！"

生命似乎是不属于自己的，我叹了口气。稿子应该就发出了，还一个字没有呢！

"老田，报馆没来人催稿子吗？"

"来了，说请您不必忙了，报馆昨晚被巡警封了门。"

昼寝的风潮

宰予昼寝。子曰：朽木不可雕也——言犹未了，只听得子路子贡……齐声呐喊：法西斯蒂！

夫子暗藏怒气，轻声问道：何谓也？

大家齐喊：法西斯蒂！

夫子微笑道：知之为知之，不知为不知，是知也！

大家第三次喊道：法西斯蒂！

夫子真动了气，冷笑了一声，翼翼如也，走了出去。心中乱想：没想到教了这么多年书，卖了这么大力气，临完来个法西斯蒂。越想越难过，只好去请教于老子。

见了老子细说始末，老子微微一笑，道：老二，该！我没告诉过你么，凡事要无为而治，谁叫你爱管闲事？法西斯蒂，活该！

难道学生睡觉，我还得给他盖上点被子么？夫子反抗。

谁那么说来着？不要管他好了，老子说。

他醒了呢？

醒了之后发给他毕业证书，好啦。

夫子虽然热心教育，不肯马马虎虎，可是到底觉得老子对人情世故是极有经验的，于是翼翼如也走回来。

到了学校，喝，贴满了标语：打倒法西斯蒂化的孔老二。夫子知道风潮是要扩大，决定采取老子的妙策。他偷偷的进了后门，到自己屋中填好几张毕业证书，然后笑嘻嘻的来找宰予子路们。找到了他们，他拍着宰予的肩头，说：朋友，请拿去这证书吧；晚半天也不要上课了，我请大家吃个便饭，如何？

诸贤脸上并无喜色，由子路代表发言：我们命令你明天给我们添招女生，这是一；第二，以后再不准有考试；第三，昼寝定为必修课程；末了，向宰予在书面上道歉。

夫子一一的答应了，登时向宰予作书面上的致歉。这样，一场风波算是没有扩大，后来宰予等就成了七十二贤，而夫子至死也没法西斯蒂化。

当幽默变成油抹

小二小三玩腻了：把落花生的尖端咬开一点，夹住耳唇当坠子，已经不能再作，因为耳坠不晓得是怎回事，全到了他们肚里去；还没有人能把花生吃完再拿它当耳坠！《儿童世界》上的插画也全看完了，没有一张满意的，因为据小二看，画着王家小五是王八的才能算好画，可是插画里没有这么一张。小二和王家小五前天打了一架，什么也不因为，并且一点不是小二的错，一点也不是小五的错；谁的错呢？没人知道。"小三，你当马吧？"小三这时节似乎什么也愿意干，只是不愿意当马。"再不然，咱们学狗打架玩？"小二又出了主意。"也好，可是得真咬耳朵？"小三愿事先问好，以免咬了小二的耳朵而去告诉妈妈。咬了耳朵还怎么再夹上花生当耳坠呢？小二不愿意。唱戏吧？好，唱戏。但是，先看看爸和妈干什么呢。假如爸不在家，正好偷偷的翻翻他那些杂志，有好看的图画可以撕下一两张来；然后再唱戏。

爸和妈都在书房里。爸手里拿着本薄杂志，可是没看；妈手里拿着些毛绳，可是没织；他们全笑呢。小二心里说大人也是好玩呀，不然，爸为什么拿着书不看，妈为什么拿着线不织？

爸说："真幽默，哎呀，真幽默！"爸嘴上的笑纹几乎通到耳根上去。

这几天爸常拿着那么一薄本米色皮的小书喊幽默。

小二小三自然是不懂什么叫幽默，而听成了油抹；可是油抹有什么可笑呢？小三不是为把油抹在袖口上挨过一顿打吗！大人油抹就不挨打而嘻嘻，不公道！

爸念了，一边念一边嘻嘻，眼睛有时候像要落泪，有时候一句还没念完，嘴里便哈哈哈。妈也跟着嘻嘻嘻。念的什么子路——小三听成了紫鹿——又是什么三民主义，而后嘻嘻嘻——一点也不可笑，而爸与妈偏嘻嘻嘻！

决定过去看看那小本是什么。爸不叫他们看："别这儿捣乱，一边儿玩去！"妈也说："玩去，等爸念完再来！"好像这个小薄本比什么都重要似的！也许爸和妈都吃多了；妈常说小孩子吃多了就胡闹，爸与妈也是如此。

念了半天，爸看了看表，然后把小本折好了一页，极小心的放在写字台的抽屉里："晚上再念；得出门了。"

"再念一段！"妈这半天连一针活也没作，还说再念一段呢，真不害羞！小三心里的小手指头直在脸上削，"没羞没臊，当间儿画个黑老道！"

"晚上，晚上！凑巧还许把第十期买来呢！"爸说，还是笑着。

爸爸走了，走到院里还嘻嘻呢；爸是吃多了！

妈拿着活计到里院去了。

小二小三决定要犯犯"不准动爸的书"的戒命。等妈走远了，轻轻的开了抽屉，拿出那本叫爸和妈嘻嘻的宝贝。他们全把大拇指放在嘴里咂着，大气不出的去找那招人笑的小鬼。他们以为书中必是有个小鬼，这个小鬼也许就叫做油抹。人一见油抹就要嘻嘻，或是哈哈。找了半天，一篇一篇全是黑字！有一张画，看不懂是什么，既不是小兔搬家，又不是小狗成亲，简直的什么也不像！这就可乐呀？字和这样的画要是可乐，为什么妈不许我们在墙上写字画图呢？

"咱们还是唱戏去吧?"小三不耐烦了。

"小三,看,这个小盒也在这儿呢,爸不许咱们动,楞偷偷的看看?"小二建议。

已经偷看了书,为什么不再偷看看小盒?就是挨打也是一顿。小三想的很精密。

把小盒轻轻打开,喝,里边一管挨着一管,都是刷牙膏,可是比刷牙膏的管小些细些。小二把小铅盖转了转,挤,咕——挤出滑溜溜的一条小红虫来,哎呀有趣!小三的眼睛得像两个新铜子,又亮又圆。"来,我挤一个!"他另拿了管,咕——挤出条碧绿的小虫来。

一管一管,全挤过了,什么颜色的也有,真好玩!小二拿起盒里的一支小硬笔,往笔上挤了些红膏,要往牙上擦。

"小二,别,万一这是爸的冻疮药呢?"

"不能,冻疮药在妈的抽屉里呢。"

"等等,不是药,也许呀,也许呀——"小三想了半天想不出是什么。

"这么着吧,小三,把小管全挤在桌上,咱们打花脸吧?"

"唱——那天你和爸听什么来着？"小三的戏剧知识只是由小二得来的那些。

"有花脸的那个？嘀咕的嘀咕嘀嘀咕！《黄鹤楼》！"

"就唱《黄鹤楼》吧！你打红脸，我打绿脸。嘀咕嘀——"

"《黄鹤楼》里没有绿脸！"小二觉得小三对扮戏是没发言权的。

"假装的有个绿脸就得了吗！糖挑上的泥人戏出就有绿脸的。"

两个把管里的小虫全挤得越长越好，而后用小硬笔往脸上抹。

"小二，我说这不是牙膏，你瞧，还油亮油亮的呢。喝，抹在脸上有点漆得慌！"

"别说话；你的嘴直动，我怎给你画呀?！"小二给小三的腮上打些紫道，虽然小三是要打绿脸。

正这么打脸，没想到，爸回来了！

"你们俩干什么呢？干什么呢！"

"我们——"小二一慌把小刷子放在小三的头上。

小三，正闭着眼等小二给画眉毛，睁开了眼。

"你们干什么?!"爸是动了气,"二十多块一盒的油!"

"对啦,爸,我们这儿油抹呢!"小三直抓腮部,因为油漆得不好受。

"什么油抹呀?"

"不是爸看这本小书的时候,跟妈说,真油抹,爸笑妈也笑吗?"

"这本小书?"爸指着桌上那本说,"从此不再看《论语》!"

爸真生了气。一下子坐在椅子上,气哼哼的,不自觉的,从衣袋里掏出一本小书——样子和桌上那本一样。

乘着爸看新买来的小书,小二小三七手八脚把小管全收在盒里,小三从头上揭下小笔,也放进去。

爸又看入了神,嘴角又慢慢往上弯。小二们的《黄鹤楼》是不敢唱了,可也不敢走开,敬候着爸的发落。

爸又嘻嘻了,拍了大腿一下:"真幽默!"

小三向小二咬耳朵:"爸是假装油抹,咱们才是真油抹呢!"

天下太平

或问：中国可亡乎？予不答。其妻复以问；尊女性，乃答之。

中国古伟之邦也，以盘古为"起点"，居世界之中心。物则广有，鱼鳖虾蟹，酱醋油盐，葱蒜大烟，一应俱全，民亦秀哲，往往出圣人。当今之时，豪俊尤多，咸能率一旅之众，替天行道，杀人无数，民死而弗怨。及接夷狄，又均善怀柔，陈礼乐，重揖让，唾面容自干。既干，仰面趋进复请惠唾；敌皆感服，每不敢正式宣战，而时突鸣巨炮焉。夫天道恶争，我得其旨，行见夷狄之自亡，无劳抵抗。

四夷既亡，则中华有天下。俊杰辈出，精神文明普及五洲。洋路洋楼尽毁之，洋书洋画尽火之，洋人洋兽尽屠之，洋理洋教尽灭之；独存洋酒洋钱，而后市廛秽，田园荒,一任自然,文化极盛。民咸吸鸦片而舞太极拳,三妻四妾各通一经,七子八婿俱贤达而崇吕祖。言论自由,街巷议者不诛,仅责二百大板。于是时疫行焉,遍及全世,国医奏奇效,阎王深感之,曰:人类从此绝矣,赐判官及琉璃鬼假二年。

或人之妻闻之至喜,三呼"天道救国"而去。

不远千里而来

听说榆关失守，王先生马上想结婚。在何处举行婚礼好呢。天津和北平自然不是吉地，香港又嫌太远。况且还没找到爱人。最好是先找爱人。不过这也有地方的问题在内：在哪里找呢？在兵荒马乱的地方虽然容易找到女人，可是婚姻又非"拍拍脑袋算一个"的事。还是得到歌舞升平的地方去。于是王先生便离开北平；一点也不是怕日本鬼子。

王先生买不到车票；东西两站的人就像上帝刚在站台上把他们造好似的，谁也不认识别处，只有站台和火车是圣地，大家全钉在那里。由东站走，还是由西站走，王先生倒不在乎；他始终就没有定好目的地：上哪里去都是一样，只要躲开北平就好——谁要怕日本谁是牛，不过，万一真叫王先生受点险，谁去结婚？东站也好，西站也好，反正得走。买着票也走，买不着票也走，一走便是上吉。

王先生急中生智，到了行李房，要把自己打行李票：人而当行李，自然可以不必买车票了。行李房却偏偏不收带着腿的行李！无论怎说也不行；王先生只能骂行李房的人没理性，别无办法。

有志者事竟成，王先生并不是没志的废物点心。他由正阳门坐上电车，上了西直门。在那里一打听，原来西直门的车站是平绥路的。王先生很喜欢自己长了经验，而且深信了时势造英雄的话。假如不是亲身到了西直门，他怎能知道火车是有固定的路线，而不是随意溜达着玩的？可是，北方一带全不是吉地，这条路是走不得的。这未免使他有点不痛快。上哪儿去呢？不，还不是上哪里去的问题，而是哪里有火车坐呢？还是得上东站或西站，假如火车永远不开，也便罢了；只要它开，王先生就有走开的可能。买了些水果，点心，烧酒，决定到车站去长期等车："小子，咱老王和你闭了眼啦，非走不可！就是坐烟筒也得走！"王先生对火车发了誓。

又回到东站，因为东站看着比西站体面些；预备作新郎的人，事事总得要个体面。等了五小时，连站台的门也没挤进去！王先生虽然着急，可是头脑依然清楚：只要等着，必有办法；况且即使在等着的时节，日本兵动了手，到底离着车站近的比较的有逃开的希望。好比说吧，枪一响，开火车的还不马上开车就跑？那么，老王你也便能跳上车去一齐跑，根本无须买票。一跑，跑到天津，开车的一直把火车开到英租界大旅社的前面；跳下来，拍！进了旅馆；喝点咖啡，擦擦脸，车又开了，一开开到南京，或是上海；"今夜晚前后厅灯光明亮——"王先生唱开了"二簧"。

又等了三点钟，王先生把所知道的二簧戏全唱完，还是没有挤进站台的希望。人是越来越多，把王先生拿着的苹果居然挤碎了一个。可是人越多，王先生的心里越高兴，一来是因为人多胆大，就是等到半夜去，也不至于怕鬼。二来是人多了即使掉下炸弹来，也不能只炸死他一个；大家都炸得粉碎，就是往阴曹地府走着也不寂寞。三来是后来的越多，王先生便越减少些关切；自己要是着急，那后来的当怎么着呢，还不该急死？所以他越看后方万头攒动，他越觉得没有着急的必要。可是他不愿丢失了自己已得到的优越，有人想把他挤到后面去，王先生可是毫不客气的抵抗。他的胳臂肘始终没闲着，有往前挤的，他便是一肘，肋骨上是好地方；胸口上便差一点，因为胸口上肘得过猛便有吐血的危险，王先生还不愿那么霸道，国难期间使同胞吐了血，不好意思；肋骨上是好地方；王先生的肘都运用得很正确。

车开走了一列。王先生更精神了。有一列开走，他便多一些希望；下列还不该他走吗？即使下列还不行，第三列总该轮到他了，大有希望。忍耐是美德，王先生正体行这个美德；在车站睡上三夜两夜的也不算什么。

旁边一位先生把一口痰吐在王先生的鞋上。王先生并没介意，首要的原因是四围挤得太紧，打架是无从打起，于是连骂也都不必。照准了那位先生的衣襟回敬了一口，心中倒还满意。

天是黑了。问谁，都说没有夜车。可是明天白昼的车若不连夜等下去便是前功尽弃。好在等通夜的大有人在，王先生决定省一夜的旅馆费。况且四围还有女性呢，女人可以不走，男人要是退缩，岂不被女流耻笑！王先生极勇敢的下了决心。牺牲一切，奋斗到底！他自己喊着口号。

一夜无话，因为冻了个半死。苦处不小，可是为身为国还说不上不受点苦。自然人家有势力的人，可以免受这种苦，可是命是不一样的，有坐车的就得有拉车的；都是拉车的，没有坐车的，拉谁？有势力的先跑，有钱的次跑，没钱没势的不跑等死。王先生究竟还不是等死之流，就得知足。受点苦还要抱怨么？火车分头二三等，人也是如此。就是别叫日本鬼子捉住，好，捉了去叫我拉火车，可受不了！一夜虽然无话，思想照常精密；况且有瓶烧酒，脑子更受了些诗意的刺激。

第二天早晨，据旁人说，今天不一定有车。王先生拿定主意，有车无车给它个死不动窝。焉知不是诈语！王先生的精明不是诈语所能欺得过的。一动也不动；一半也是因为腿有点发麻。

绝了粮，活该卖馒头的发点财，一毛钱两个。贵也得吃，该发财的就发财，该破财的就破财，胳臂拧不过大腿去，不用固执。买馒头。卖馒头的得踩着人头才能递给他馒头，也不容易；连不买馒头的也不容易，大家不容易，彼此彼此，共赴国难。卖馒头的发注小财，等日本人再抢去，也总得算报应，可也替他想不出好办法：自己要是有馒头卖，还许一毛钱"一"个呢？

一直等到四点，居然平浦特别快车可以开。王先生反觉得事情不应当这么顺利；才等了一天一夜！可是既然能走了，也就不便再等。

上哪儿去呢？

上海也并不妥当，古时候不是十九路军在上海打过法国鬼子吗？虽然打得鬼子跪下央告"中国爷爷"，可是到底飞机扔开花弹，炸死了不少稻香村的伙计，人肠子和腊肠一齐飞上了天！上海要是不可靠，南京便更不要提，南京没有租界地呀！江西有共产党：躲一枪，挨一刀，那才犯不上！

前边那位买济南府，二等。好吧，就是济南府好了。济南惨案不知道闹着没有？到了再说，看事情不好再往南跑，好主意。

买了二等票，可是得坐三等车，国难期间，车降一等。还不对，是这么着：不买票的——自然是有势力的——坐头等。买头等的坐二等。买二等的坐三等。买三等的拿着票地上走，假如他愿意运动运动的话；如若不愿意运动呢，可以拿着车票回去住两天，过两天再另买票来。王先生非常得意，因为神差鬼使买了二等票；坐三等无论怎说是比地上走强的。

车上已经挤死了两位；谁也不敢再坐下，只要一坐下就不用想再立起来，专等着坐化。王先生根本就没想坐下。他的地方也不错，正在车当中，车一歪，靠窗的人全把头碰在车板上，而他只把头碰在人们的身上。他前后的客人也安排得恰当——老天爷安排的，当然是——前面的那位身量很小，王先生的下巴正好放在那位的头上休息一下。后面的那位身体很胖，正好给王先生作个围椅，而且极有火力。王先生要净一净鼻子，手当然没法提上来，只须把前面客人的头当炮架子，用力一激，两筒火山的岩汁就会喷出，虽喷出不很远，可是落在人家的脊背上。王先生非常的满意。

车到了天津，没有一位敢下车活动活动的，而异口同声的骂："怎么还不开车？王八旦的！"天津这个地名听着都可怕，何况身临其境，而且要停一点多钟。大家都不敢下车，连站台上都不敢偷看一眼；万一站台上有个日本小鬼，和你对了眼光，不死也得大病一场！由总站开老站，由老站开总站，你看这个麻烦劲！等雷呢！大家是没见着站长，若是见着，一人一句也得把他骂死了。《大公报》来——""新小说——"真有不怕死的，还敢在这儿卖东西；早晚是叫炸弹炸个粉碎！不知死的鬼！

等了一个多世纪，车居然会开了。大家仍然连大气不敢出，直等到天津的灯光完全不见了，才开始呼吸，好像是已离开了鬼门关，下一站便是天堂。到了沧州，大家的腿已变成了木头棍，可是心中增加了喜气。王先生的二簧又开了台。天亮以前到了德州，大家决定下去买烧鸡，火烧，鸡子，开水；命已保住，还能不给它点养料？

王先生不能落后，打着交手仗，练着美国足球，耍着大洪拳，开开一条血路，直奔烧鸡而去。王先生奔过去，别人也奔过去，卖鸡的就是再长一双手也伺候不过来。杀声震耳，慷慨激昂，不吃烧鸡，何以为人？王先生"抢"了一只，不抢便永无到手之日。抢过来便啃，哎呀，美味，德州的烧鸡，特别在天还未亮之际，真有些野意！要不怎么说，国家也不应当永远平平安安的；国家平安到哪儿去找这种野意，守站的巡警与兵们急了，因为一个卖烧饼的小儿被大家给扯碎了，买了烧饼还饶着卖烧饼小儿一只手，或一个耳朵。卖烧饼小儿未免死得惨一些，可是从另一方面说，大家的热烈足证人心未死。巡警们急了，抡开了十三节钢鞭，大打而特打，打得大家心中痛快，头上发烧，口中微笑。巡警不打人，要巡警干什么？大家不挨打，谁挨打？难道日本人来挨打？打吧，反正烧鸡不到手，誓不退缩。前进；王先生是鸡已入肚一半，不便再去冲锋，虽然只挨了一鞭，不大过瘾，可是打要大家分挨，未便一人包办，于是得胜回车。

车是上不去了。车门就有五十多位把着。出来的时候是由内而外，比较的容易。现在是由外而内，就是把前层的挤退一步，里边便更堵得结实，不亚如铜墙铁壁，焉能挤得进去，况且手内还拿着半只烧鸡，一伸手，嘻，丢了一口鸡身，未入车而鸡先失去一口，大不上算。王先生有点着急。

到底是中华的人民，黄帝的子孙，凡事有个办法。听，有人宣言："来呀把谁从车窗塞进去？一块钱！"王先生的脑子真快，应声而出："六毛，干不干？""八角大洋，少了不干！""来吧。"连半只烧鸡带王先生全进了窗门，很有趣味，可宝贵的经验：最好是头在内而脚仍悬在外边的时节，身如春燕，矫健轻灵。最后一个鲤鱼打挺，翩然而下，头碰了个大包。八毛钱付过，王先生含笑不言，专等开车。有四十多位没能上来，虽然可以在站台上饱食烧鸡，究竟不如王先生的既食且走，一群笨蛋！

太阳出来，济南就在眼前，十分高兴。过黄河铁桥，居然看见铁桥真是铁的。一展眼到了济南站，急忙下车，越挤越忙，以便凑个热闹，不冤不乐。挤出火车，举目观看，确是济南，白牌上有大黑字为证；仍怕不准，又细看了一番，几面白牌均题同样地名，缓步上了天桥；既然不拥挤，故须安走勿慌，直到听见收票员高喊："妈的快走！"才想起向身上各处搜找车票。

出了车站，想起婚姻大事。可是家中还有个老婆，不免先写封平安家信，然后再去寻找爱人。一路上低吟："爱人在哪里？爱人在哪里？"亦自有腔有韵。

下了旅馆，写了平安家信，吃了汤面；想起看报。北平还未被炸，心中十分失望。睡了一觉，出去寻求爱人。

吃莲花的

少见则多怪,真叫人愁得慌!谁能都知都懂?就拿相对论说吧,到底怎样相对?是像哼哈二将那么相对,还是像情人要互吻时那么面面相对?我始终弄不清!况且,还要"论"呢。一向不晓得哼哈二将会作论;至于情人互吻而必须作论,难道情人也得"会考"?

这且不提。拿些小事说,"眼生"就要恶意地发笑,"眼熟"的事儿是对的,至少也比"眼生"的文明些。中国人用湿毛巾擦脸,英美人用干的;中国人放伞头朝上,西洋鬼子放伞头朝下;于是据洋鬼子看,他们文明,我们是头朝下活着。少见多怪,"怪"完了还自是自高一下,愁人得慌!

这且不提。听说广东人吃狗。每逢有广东朋友来,我总把黄子藏到后院去。可是据我所知道的广东朋友们,还没有一位向我要求过："来，拿黄子开开斋！"没有。可是，黄子还是在后院保险。

这且不提。虽然我"不"大懂相对论——不是一点也不懂，说不定它还就许是像哼哈二将那样的对立——可是我天性爱花草。盆花数十种，分别列于庭中，大概我不见得一定比爱因司坦低下着多少。不，或者我比他还高着些。他会对——和他的夫人相对而坐，也许是——而且会论——和他的夫人论些家长里短什么的。我呢，会种花。我与他各有一出拿手戏，谁也不高，谁也不低。他要是不服气的话，他骂我，我也会骂他。相对论，我得承认他的优越；相对骂，不定谁行呢！这样，我与他本是"肩膀齐为弟兄"，他不用吹，我用不着谦卑。可是，我的盆花是成对摆列着的，兰对兰，菊对菊，盆盆相对，只欠着一个"论"；那么，我比他强点！

这且不提——就使我真比爱因司坦强，也是心里的劲，不便大吹大擂地宣传，我不是好吹的人；何必再提？今年我种了两盆白莲。盆是由北平搜寻来的，里外包着绿苔，至少有五六十岁。泥是由黄河拉来的。水用趵突泉的。只是藕差点事，吃剩下来的菜藕。好盆好泥好水敢情有妙用，菜藕也不好意思了，长吧，开花吧，不然太对不起人！居然，拔了梗，放了叶，而且开了花。一盆里七八朵，白的！只有两朵，瓣尖上有点红，我细细的用檀香粉给涂了涂，于是全白。作诗吧，除了作诗还有什么办法？专说"亭亭玉立"这四个字就被我用了七十五次，请想我作了多少首诗吧！

这且不提。好几天了，天天门口卖菜的带着几把儿白莲。最初，我心里很难过。好好的莲花和茄子冬瓜放在一块，真！继而一想，若有所悟。啊，济南名士多，不能自己"种"莲，还不"买"些用古瓶清水养起来，放在书斋？是的，一定是这样。

这且不提。友人约游大明湖，"去买点莲花来！"他说。"何必去买，我的两盆还不可观？"我有点不痛快，心里说："我自种的难道比不上湖里的？真！"况且，天这么热，游湖更受罪，不如在家里，煮点毛豆角，喝点莲花白，作两首诗，以自种白莲为题，岂不雅妙？友人看着那两盆花，点了点头。我心里不用提多么痛快了；友人也很雅哟！除了作新诗向来不肯用这"哟"，可是此刻非用不可了！我忙着吩咐家中煮毛豆角，看看能买到鲜核桃不。然后到书房去找我的诗稿。友人静立花前，欣赏着哟！

这且不提。及至我从书房回来一看，盆中的花全在友人手里握着呢，只剩下两朵快要开败的还在原地未动。我似乎忽然中了暑，天旋地转，说不出话。友人可是很高兴。他说："这几朵也对付了，不必到湖中买去了。其实门口卖菜的也有，不过没有湖上的新鲜便宜。你这些不很嫩了，还能对付。"他一边说着，一边奔了厨房。"老田，"他叫着我的总管事兼厨子，"把这用好香油炸炸。外边的老瓣不要，炸里边那嫩的。"老田是我由北平请来的，和我一样不懂济南的典故，他以为香油炸莲瓣是什么偏方呢。"这治什么病，烫伤？"他问。友人笑了。"治烫伤？吃！美极了！没看见菜挑子上一把一把儿的卖吗？"

这且不提。还提什么呢，诗稿全烧了，所以不能附录在这里。

太史公读老舍文至莲花被吃诗稿被焚之句，慨然有动于衷，乃效时行才子佳人补赞曰：哎，哟，啊！您亭亭玉立的莲花，——莲花——莲花啊！您的幻灭，使我心弦颤动而鼻涕长流呵！我想您——想您——您的亭亭玉立，不玉立无以为亭亭，不亭亭又何以玉立？我想到您的玉立之亭，尤想到您亭立之玉。奇怪啊，您——您的立居然如亭，您的亭又宛然如玉。我一想到此，我的心血来潮了，我的神经紧张了，我昏昏欲倒了。您的青春，您的美丽妖艳的青春，您亭亭玉立的青春，使我憧憬而昏醉了。您不朽的青春，将借我的秃笔而不朽了，虽然厨夫——狞恶的不了解您的厨夫——将您——您油炸了，但是您是不朽的啊！您是莲花，我是君子，我们的悲哀的命运正相同啊！您出于做男人之泥及做女人之水，水泥媾精而有了您，有了亭亭玉立之您，这是宇宙之神秘啊！我要死了。我看见您曼妙的花干与多姿的莲叶，被狞恶的厨夫遗弃于地上，我禁不住流泪了。哎哟，莲啊莲！我不敢——不忍——吃您——吃您——的青春不朽的花瓣，我要将您的骨肉炼成石膏，塑成爱神之像，供在我的案上，吻着，吻着，永远的吻着您亭亭玉立……等到末日，我们一同埋葬了自己吧！莲啊莲！

买彩票

在我们那村里，抓会赌彩是自古有之。航空奖券，自然的，大受欢迎。头彩五十万，听听！二姐发起集股合作，首先拿出大洋二角。我自己先算了一卦，上吉，于是拿了四角。和二姐算计了好大半天，原来还短着九元四才够买一张的。我和她分头去宣传，五十万，五十万，五十个人分，每人还落一万，二角钱弄一万！举村若狂，连狗都听熟了"五十万"，凡是说"五十万"的，哪怕是生人，也立刻摇尾而不上前一口把腿咬住。闹了整一个星期；十元算是凑齐；我是最大的股员。三姥姥才拿了五分，和四姨五姨共同凑了一股；她们还立了一本账簿。

上哪里去买呢？还得算卦。二姐不信任我的诸葛金钱课，花了五大枚请王瞎子占了个马前神课……利东北。城里有四家代售处；利成记在城之东北；决议，到利成记去买。可是，利成是四家买卖中最小的一号，只卖卷烟煤油，万一把十元拐去，或是卖假券呢！又送了王瞎子五大枚，从新另占。西北也行，他说；不但是行，他细掐过手指，还比东北好呢！西北是恒祥记，大买卖，二姐出阁时的缎子红被还是那儿买的呢。

谁去买？又是个问题。按说我是头号股员，我应当跑一趟。可是我是属牛的，今年是鸡年，总得找属鸡的，还得是男性，女性丧气。只有李家小三是鸡年生的，平日那些属鸡的好像都变了，找不着一个。小三自己去太不放心啊，于是决定另派二员金命的男人妥为保护。挑了吉日，三位进城买票。

票买来了，谁拿着呢？我们村里的合作事业有个特点，谁也不信任谁。经过三天三夜的讨论，还是交给了三姥姥，年高虽不见得必有德，可是到底手脚不利落，不至私自逃跑。

直到开彩那天，大家谁也没睡好觉。以我自己说，得了头彩——还能不是我们得吗?!——就分两万，这两万怎么花？买处小房，好，房的地点，样式，怎么布置，想了半夜。不，不买房子，还是作买卖好，于是铺子的地点、形式、种类，怎么赚钱，赚了钱以后怎样发展，又是半夜。天上的星星，河边的水泡，都看着像洋钱。清晨的鸟鸣，夜半的虫声，都说着"五十万"。偶尔睡着，手按在胸上，梦见一堆现洋压在身上，连气也出不得！特意买了一付骨牌，为是随时打卦。打了坏卦，不算，另打；于是打的都是好卦，财是发准了。

开奖了。报上登出前五彩，没有我们背熟了的那一号。房子，铺子……随着汗全走了。等六彩七彩吧，头五奖没有，难道还不中个小六彩？又算了一卦，上吉；六彩是五百，弄几块作件夏布大衫也不坏。于是一边等着六彩七彩的揭露，一边重读前五彩的号数，替得奖的人们想着怎么花用的方法，未免有些羡妒，所以想着想着便想到得奖人的乐极生悲，也许被钱烧死；自己没得也好；自然自己得奖也不见得就烧死。无论怎说，心中有点发堵。

六彩七彩也登出来了，还是没咱们的事，这才想起对尾子，连尾子都和我们开玩笑，我们的是个"三"，大奖的偏偏是个"二"。没办法！

二姐和我是发起人呀！三姥姥向我们俩要索她的五

分。没法不赔她。赔了她,别人的二角也无意虚掷。二姐这两天生病,她就是有这个本事,心里一想就会生病。剩下我自己打发大家的二角。打发完了,二姐的病也好了,我呢,昨天夜里睡得很清甜。

有声电影

二姐还没有看过有声电影。可是她已经有了一种理论。在没看见以前,先来一套说法,不独二姐如此,有许多伟人也是这样;此之谓"知之为知之,不知为知之"也。她以为有声电影便是电机答答之声特别响亮而已。要不然便是当电人——二姐管银幕上的英雄美人叫电人——互相巨吻的时候,台下鼓掌特别发狂,以成其"有声"。她确信这个,所以根本不想去看。本来她对电影就不大热心,每当电人巨吻,她总是用手遮上眼的。

但据说有声电影是有说有笑而且有歌。她起初还不相信,可是各方面的报告都是这样,她才想开开眼。

二姥姥等也没开过此眼,而二姐又恰巧打牌赢了钱,于是大请客。二姥姥三舅妈,四姨,小秃,小顺,四狗子,都在被请之列。

二姥姥是天一黑就睡，所以决不能去看夜场；大家决定午时出发，看午后两点半那一场。看电影本是为开心解闷，所以十二点动身也就行了。要是上车站接个人什么的，二姐总是早去七八小时的。那年二姐夫上天津，二姐在三天前就催他到车站去，恐怕临时找不到座位。

早动身可不见得必定早到；要不怎么越早越好呢。说是十二点走哇，到了十二点三刻谁也没动身。二姥姥找眼镜找了一刻来钟；确是不容易找，因为眼镜在她自己腰里带着呢。跟着就是三舅妈找钮子，翻了四只箱子也没找到，结果是换了件衣裳。四狗子洗脸又洗了一刻多钟，这还总算顺当；往常一个脸得至少洗四十多分钟，还得有门外的巡警给帮忙。

出发了。走到巷口，一点名，小秃没影了。大家折回家里，找了半点多钟，没找着。大家决定不看电影了，找小秃是更重要的。把新衣裳全脱了，分头去找小秃。正在这个当儿，小秃回来了；原来他是跑在前面，而折回来找她们。好吧，再穿好衣裳走吧，巷外有的是洋车，反正耽误不了。

二姥姥给车价还按着现洋换一百二十个铜子时的规

矩，多一个不要。这几年了，她不大出门，所以老觉得烧饼卖三个大铜子一个不是件事实，而是大家欺骗她。现在拉车的三毛两毛向她要，也不是车价高了，是欺侮她年老走不动。她偏要走一个给他们瞧瞧。这一挂劲可有些"憧憬"：她确是有志向前迈步，不过脚是向前向后，连她自己也不准知道。四姨倒是能走，可惜为看电影特意换上高底鞋，似乎非扶着点什么不敢抬脚。她假装过去搀着二姥姥，其实是为自己找个靠头。不过大家看得很清楚，要是跌倒的话，这二位一定是一齐倒下。四狗子和小秃们急得直打蹦。

总算不离，三点一刻到了电影院。电影已经开映。这当然是电影院不对；难道不晓得二姥姥今天来么？二姐实在觉得有骂一顿街的必要，可是没骂出来，她有时候也很能"文明"一气。

既来之则安之，打了票。一进门，小顺便不干了，怕黑，黑的地方有红眼鬼，无论如何也不能进去。二姥姥一看里面黑洞洞，以为天已经黑了，想起来睡觉的舒服；她主张带小顺回家。要是不为二姥姥，二姐还想不起请客呢。谁不知道二姥姥已经是土埋了半截的人，不看回有声电影，将来见阎王的时候要是盘问这一层呢？大家开了家庭会议。不行，二姥姥是不能走的。至于小顺，好办，买几块糖好了。吃糖自然便看不见红眼鬼了。事情便这样解决了。四姨搀着二姥姥，三舅妈拉着小顺，二姐招呼着小秃和四狗子。前呼后应，在暗中摸索，虽然有看座的过来招待，可是大家各自为政的找座儿，忽前忽后，忽左忽右，离而复散，分而复合，主张不一，而又愿坐在一块儿。直落得二姐口干舌燥，二姥姥连喘带嗽，四狗子咆哮如雷，看座的满头是汗。观众们全忘了看电影，一齐恶声的"吃——"，但是压不下去二姐的指挥口令。二姐在公共场所说话特别响亮，要不怎样是"外场"人呢。

直到看座的电棒中的电已使净，大家才一狠心找到了座。不过，还不能这么马马虎虎的坐下。大家总不能忘了谦恭呀，况且是在公共场所。二姥姥年高有德，当然往里坐。可是二姥姥当着四姨怎肯倚老卖老，四姨是姑奶奶呀；而二姐又是姐姐兼主人；而三舅妈到底是媳妇，而小顺子等是孩子；一部伦理从何处说起？大家打架似的推让，甚至把前后左右的观众都感化得直喊叫老天爷。好容易大家觉得让的已够上相当的程度，一齐坐下。可是小顺的糖还没有买呢！二姐喊卖糖的，真喊得有劲，连卖票的都进来了，以为是卖糖的杀了人。

糖买过了，二姥姥想起一桩大事——还没咳嗽呢。二姥姥一阵咳嗽，惹起二姐的孝心，与四姨三舅妈说起二姥姥的后事来。老人家像二姥姥这样的，是不怕儿女当面讲论自己的后事，而且乐意参加些意见，如"别的都是小事，我就是要个金九连环。也别忘了糊一对童儿！"这一说起来，还有完吗？一桩套着一桩，一件联着一件，说也奇怪，越是在戏馆电影场里，家事越显着复杂。大家刚说到热闹的地方，忽，电灯亮了，人们全往外走。二姐喊卖瓜子的；说起家务要不吃瓜子便不够派儿。看座的过来了，"这场完了，晚场八点才开呢。"

大家只好走吧。一直到二姥姥睡了觉，二姐才想起问三舅妈："有声电影到底怎么说来着？"三舅妈想了想："管它呢，反正我没听见。"还是四姨细心，她说她看见一个洋鬼子吸烟，还从鼻子里冒烟呢，"电影是怎样作的，多么巧妙哇，鼻子冒烟，和真的一样，你就说。"大家都赞叹不已。

科学救命

很想研究科学,这几天。要发明个机器。这个机器得小巧玲珑,至大也不过像个十支长城烟包,可以随身带着,而没有私携手枪的嫌疑。到应用的时候,只须用手一摸就得,不用转螺丝,通电流,或接天线地线等等。只要一根天地人三才中的"人线"就够了。用手一摸,碰上人线,手指一热,热到脑部,于是立刻就能有个好笑话——机器的用处。

近来实在需要这么个机器。你看,有人请吃饭,能不去吗?去了,酒过三杯,临座笑得像个蜜桃似的——请来个笑话!往四下一观,座中至少有两位已经听过咱的那些傻姑爷与十七字诗。没办法!即使天才真有那么大,现成的笑话总比自造的好。可是现在的笑话似乎老是那几个,而且听笑话的老有熟人。刚一张嘴就被熟人接过去了——又是那个傻姑爷呀？这还怎往下说！幸而没人插嘴，而有这么一两位两眼死盯着咱，因为笑话听过的，所以专看咱怎么张嘴与眨巴眼，于是把那点说笑话应有的得意劲儿完全给赶走了；没这股得意劲儿乘早不用说笑话！有的时候，咱刚说了头两句。一位熟人善意的笑了——那是个好笑话，老丈人揍傻姑爷，哈哈哈！不用再往下说了。气先泄了，还怎么说！这顿饭吃到肚中，至少得到医院去一趟。

回到家，孩子们都钻了被窝，可是没睡，专等咱带来落花生与柿饼儿。十回有九回，忘了带这些零碎；好吧，说个笑话。刚一张嘴，小将军们一齐下令——"不听那个臭的！"香的打哪儿来呢？说哪个，哪个是臭的，一点不将就，为说笑话，大人小孩都觉得人生没有多少意义；而且小孩一定发脾气，能哭上一个多钟头，一边哭一边嚷——不听那个臭笑话，不听！

到了学校，学生代表来了——先生，我们今天开联欢会，您说个笑话？趁早不用驳回，反正秩序单早已定好了。好吧，由脑子里的最下层，大概离头发还有三四里地，找出个带锈的笑话来。收拾了收拾，打磨了打磨，预备去说。秩序单上的笑林项下还有别人呢。他在前面，当然他先说。他一张嘴，咱的慢性盲肠炎全不发炎了，浑身冰凉。刚打磨好的笑话被他给说了。而且他说得非常的圆到，比咱想起来的多着好多花样；这不仅使咱发慌，而且觉得惭愧！轮到咱了，张着嘴练习"立正"吧。有什么办法呢？脑子最下层的东西被人抢去，只好由脊椎骨上找点话吧；这自然不是容易的事，也不十分舒服。好歹的敷衍了几句，不像笑话，不像故事，不像演说，什么也不像；本来吗，脊椎骨上的玩艺还能高明的了？咱的脸上笑着，别人的都哭丧着。说完了好大半天，大家想起鼓掌来，鼓得比呼吸的声音稍微大一些。

非发明个机器不可了！放在口袋里，用手一摸，脑中立刻一热，一亮，马上来个奇妙的笑话。不然，人生绝对幽默不了，而且要减寿十年。

打算先念中学物理教科书。

特大的新年

一到新年，家家刊物必要特大起来。除夕的团圆饭不是以把肚皮撑至瓮形为原则么？刊物特大，那么，也是理之当然。可是，来了个问题：比如您的肚皮在除夕忽然特大，元旦清晨必须到庄前庄后游散一番，以便蹓饭，而免停食着凉。您还顾得读特大的刊物？元旦因散步的结果，肚皮有紧缩之势，可是初二祭财神，您还能讲君子食无求饱？绝对不能。为人情，为家庭，为社会国家，您还非再足吃一顿不可。于是肚皮再涨，或且较前为甚。吃饱了发困，连打牌也许牺牲了，还能读特大的刊物？又曰不能。紧接着就是拜年，逛庙，接姑奶奶，看花灯，吃汤圆，按着旧规矩说，非到开印大吉那天不能得闲。现今虽不封印开印，可是也不能把"大吉"推出斩首。今虽庆祝国历新年，但把旧俗拉扯过来，决无恶意。那么，特大刊物在什么时候去读？设若刊物特大是为艺术而艺术，不管有人读与否，反正得心到神知，以便与瓮形肚皮比比曲线美，那就有点大而无当。谁能买个头号的留声机，放在屋里，永远不动，专为威镇客厅？

总得想个办法才是。

办法并不难想，把新年也特大起来就是了。自天子以至庶人全歇上三个月，一个半月过年，一个半月读特大的刊物。于是肚与脑得平均发展，既不至得大肚子痞积，又不能患脑病，何乐而不为？怎见得？有诗为证：

肚子撑圆是繁荣的象征，

扩大了新年便是丰富了生命。

吃、喝、玩、乐，还看看刊物的插图。

是天下太平，是文化提高的铁证。

人岂是为面包而生，

大酒大肉方是英雄的本性。

快活吧，有了特大的新年，

请将脑子像肚子那样活动。

过了两月，你会肥美如猪，

自备的火腿往嘴里送。

快活吧,这是地上的天堂,

雨顺风调,普天同庆,

民安国泰,百福并臻,

快活吧,管他肚子痛不痛!

讨论

日本兵到了，向来不肯和仆人讲话的阔人，也改变得谦卑和蔼了许多，逃命是何等重要的事，没有仆人的帮助，这命怎能逃得成。在这种情形之下，王老爷向李福说了话：

"李福，厅里的汽车还叫得来吗？"王老爷是财政厅厅长，因为时局不靖，好几天没到厅里去了；可是在最后到厅的那天，把半年的薪水预支了来。

"外边的车大概不能进租界了。"李福说。

"出去总可以吧？向汽车行叫一辆好了。"王老爷急于逃命，只得牺牲了公家的自用汽车。

"铺子已然全关了门。"李福说。

"但是，"王老爷思索了半天才说，"但是，无论如何，我们得离开这日租界；等会儿，大兵到了，想走也走不开了！"

李福没作声。

王老爷又思索了会儿，有些无聊，还叹了口气：

"都是太太任性，非搬到日租界来不可；假如现在还在法界住，那用着这个急！怎办？"

"老爷，日本兵不是要占全城吗？那么，各处就都变成日租界了，搬家不是白费——"

"不会搬到北平去呀？你——"王老爷没好意思骂出来。

"打下天津，就是北平，北平又怎那么可靠呢？"李福说，样子还很规矩，可是口气有点轻慢。

王老爷张了张嘴，没说什么。待了半天：

"那么，咱们等死？在这儿坐着等死？"

"谁愿意大睁白眼的等死呢？"李福微微一笑，"有主意！"

"有主意还不快说，你笑什么？你——"王老爷又压住自己的脾气。

"庚子那年，我还小呢——"

"先别又提你那个庚子！"

"厅长,别忙呀!"李福忽然用了"厅长"的称呼,好像是故意的耍笑。

"庚子那年,八国联军占了北平,我爸爸就一点也不怕,他本是义和团,听说洋兵进了城,他'拍'的一下,不干了,去给日本兵当——当——"

"当向导。"

"对,向导!带着他们各处去抢好东西!"

"亡国奴!"王老爷说。

"亡国奴不亡国奴的,我这是好意,给老爷出个小主意,就凭老爷这点学问身份,到日本衙门去投效,准行!你瞧,我爸爸不过是个粗人,还能随机应变;你这一肚儿墨水,不比我爸爸强?反正老爷在前清也作官——我跟着老爷,快三十年了,是不是?——在袁总统的时候也作官——那时候老爷的官运比现在强,我记得——现在,你还作官;这可就该这么说了:反正是作官,为什么不可以作个日本官?老爷有官作呢,李福也跟着吃碗饱饭,是不是?"

"胡说!我不能卖国!"王老爷有点发怒了。

"老爷,你要这么说呢,李福也有个办法。"

王老爷点了点头，是叫李福往下说的意思。

"老爷既不作卖国贼；要作个忠臣，就不应当在家里坐着，应当到厅里去看着那颗印。《苏武牧羊》，《托兆碰碑》，《宁武关》，那都是忠臣，李福全听过。老爷愿意这么办，我破出这条狗命去陪着老爷！上行下效，有这么一句话没有？唱红脸的，还是唱白脸的，总得占一面，我听老爷的！"

"太太不叫我出去！"王老爷说，"我也没工夫听你这一套废话！"

李福退了两步，低头想了会儿：

"要不然，老爷，这么办：庚子那年，八国联军刚进了齐化门，日本打前敌，老爷。我爸爸一听日本兵进了城，就给全胡同的人们出了主意。他叫他们在门口高悬日本旗；一块白布，当中用胭脂涂个大红蛋，很容易。挂上以后，果然日本兵把别的胡同全抢了，就是没抢我们那条——羊尾巴胡同。现在，咱们跑是不容易了。日本兵到了呢，不杀也得抢；不如挂上顺民旗，先挡一阵！"

"别说了，别说了！你要把我气死！亡国奴！"

李福看老爷生了气，怪扫兴的要往外走。

"李福！"太太由楼上下来，她已听见了他们的讨论，"李福，去找块白布，镜盒里有胭脂。"

王老爷看了太太一眼，刚要说话，只听：

"咣！"一声大炮。

"李福，去找块白布，快！"王老爷喊。

新年的二重性格

一想到新年，不知怎么心里就要喜欢一下，同时又有点胆战心惊：好像是一则以喜，一则以忧的味儿。喜的什么呢？很难说；大概是一种遗传病，到了新年总得喜欢。忧，这个很简单，怕讨债的。这是新年的二重性格。

想个什么法儿，能把这二重性格改成一重呢？我不算不聪明，我曾把极不一致的道理设法调和起来，如把一元论和二元论改为"一元半论"，可是我想不出法儿使新年只有喜，而无忧。

幽默也不行，讨债的人好像最不懂幽默。你越说轻松可笑的话，他越跟你瞪眼。他非看见钱不笑。你要跟他瞪眼呢，那就更糟，他似乎和巡警是亲戚，一招呼就来。

似乎根本不应当借债。没有亏空，到了新年自然是高高兴兴；新年本来应该高高兴兴。可是有一层，不借债在理论上是很好喽，实际上作得到么。假如有一天两手空空，肚子乱叫，你怎办？为求新年的无忧而一定不去借钱，你就活不到新年了。这个不能不算计好了。为过新年而先把命丧了，幽默倒还幽默，可是犯得着这么幽默吗？圣人有云，好死不如赖活着。这是句有味儿的话。

有债随时还，不要都积到新年，似乎是个好方法。可是谁有这份能力呢。今天借了，明天还上，那满可以不借。借，就是因为有个长期间不还的享受，于是一压便压到新年。谁也没想到新年来得这么快！

取销新年呢，照样的不是办法。你自己取销了新年，新年还是到时候就来。债权者即使健忘，说什么也忘不了新年讨债。

说来说去还是没办法。如果非把新年的二重性格减去一重不可，似乎只好减去"喜"的那一面。在新年的前半月，就应当皱上眉头，表示无论如何也不喜。那么，讨债的到了家门，自然视若无物。假若他看不出你的眉头是自杀的标志，你满可以当着他的面上一回吊。这倒许引起他的幽默，而展限到端阳节再说。若是他不肯这么办呢,你上吊就完了,反正你已经承认新年是有忧无喜,生死还有什么多大的关系。这似乎不像仁者之言,可是世界就这个样,有什么好办法呢?好死不如赖活着;到了要命的关头,也就无法。

自传难写

自古道：今儿个晚上脱了鞋，不知明日穿不穿；天有不测的风云啊！为留名千古，似应早早写下自传；自己不传，而等别人偏劳，谈何容易！以我自己说吧，眼看就快四十了，万一在最近的将来有个山高水远，还没写下自传，岂不是大大的一个缺憾?!

可是，说起来就有点难受。自传不难哪，自要有好材料。材料好办；"好材料"，哼，难！自传的头一章是不是应当叙说家庭族系等等？自然是。人由何处生，水从哪儿来，总得说个分明。依写传的惯例说，得略述五千年前的祖宗是纯粹"国种"，然后详道上三辈的官衔，功德，与著作。至少也得来个"清封大夫"的父亲，与"出自名门"的母亲。没有这么适合体裁的双亲，写出去岂不叫人笑掉门牙！您看，这一招儿就把咱撅个对头弯；咱没有这种父母，而且准知道五千年前的祖宗不见得比我高明。好意思大书特书"清封普罗大夫"，与"出自不名之门"么？就是有这个勇气，也危险呀：普罗大夫之子共党耳，推出斩首，岂不糟了？！英雄不怕出身低，可也得先变成英雄啊。汉刘邦是小小的亭长，淮阴侯也讨过饭吃，可是人家都成了英雄，自然有人捧场喝彩。咱是不是英雄？对镜审查，不大像！

自传的头一章根本没着落。

再说第二章吧。这儿应说怎么降生：怎么在胎中多住了三个多月，怎么产房里闹妖精，怎么天上落星星，怎么生下来啼声如豹，怎么左手拿着块现洋……我细问过母亲，这些事一概没有。母亲只说：生下来奶不足，常贴吃糕干——所以到如今还有时候一阵阵的发糊涂。

第二章又可以休矣。

第三章得说幼年入学的光景喽。"幼怀大志,寡言笑,囊萤刺股……"这多么好听！可是咱呢，不记得有过大志，而是见别人吃糖馅烧饼就馋得慌——到如今也没完全改掉。逃学的事倒不常干。而挨手板与罚跪说起来似乎并不光荣。第三章，即使勉强写出，也不体面。

没有前三章，只好由第四章写了，先不管有这样的书没有。这一章应写青春时期。更难下笔。假如专为泄气，又何必自传；当然得吹腾着点儿。事情就奇怪，想吹都吹不起来。人家牛顿先生看苹果落地就想起那么多典故来，我看见苹果落地——不，不等它落地就摘下来往嘴里送。青春时期如此，现在也没长进多少，不但没作过惊天动地的事，而且没有存过惊天动地的心。偶尔大喊一声，天并不惊；跺地两脚，地也不动。第四章又是糖心的炸弹，没响儿！

以下就不用说了，伤心！

自传呢，下世再说。好在马上为善，或者还不太晚，多积点阴功，下辈子咱也生在贵族之家，专是自传的第一章就能写八万字。气死无数小布尔乔亚。等着吧，这个事是急不得的。

计划 一九三四年

没有职业的时候,当然谈不到什么计划——找到事再说,找到了事作,生活较比的稳定了,野心与奢望又自减缩——混着吧,走到哪儿是哪儿;于是又忘了计划。过去的几年总是这样,自己也闹不清是怎么过来的。至于写小说,那更提不到计划。有朋友来信说"作",我就作;信来得太多了呢,便把后到的辞退,说上几声"请原谅"。有时候自己想写一篇,可是一搁便许搁到永远。一边作事,一边写作,简直不是回事儿!

一九三四年了,恐怕又是马虎的过去。不过,我有个心愿:希望能在暑后不再教书,而专心写文章,这个不是容易实现的。自己的负担太重,而写文章的收入又太薄;我是不能不管老母的,虽然知道创作的要紧。假如这能实现,我愿意暑后到南方去住些日子;杭州就不错，那里也有朋友。

不论怎样吧，这是后半年的话。前半年呢，大概还是一边教书，一边写点东西。现在已经欠下了好几个刊物的债，都该在新年后还上，每月至少须写一短篇。至于长篇，那要看暑假后还教书与否；如能辞退教职，自然可以从容的乱写了。不能呢，长篇即没希望。我从前写的那几本小说都成于暑假与年假中，因除此再找不出较长的时间来。这么一来，可就终年苦干，一天不歇。明年暑假决不再这么干，我的身体实在不能说是很强壮。春假想去跑泰山，暑假要到非避暑的地方去避暑——真正避暑的地方不是为我预备的。我只求有个地点休息一下，暑一点也没关系，能一个月不拿笔，就是死上一回也甘心！

提到身体，我在四月里忽患背痛，痛得翻不了身，许多日子也不能"鲤鱼打挺"。缺乏运动啊。篮球足球，我干不了，除非有意结束这一辈子。于是想起了练拳。原先我就会不少刀枪剑戟——自然只是摆样子，并不能去厮杀一阵。从五月十四开始又练拳，虽不免近似义和团，可是真能运动运动。因为打拳，所以起得很早；起得早，就要睡得早；这半年来，精神确是不坏，现在已能一气练下四五趟拳来。这个，我要继续下去，一定！

自从我练习拳术，舍猫小球也胖了许多，因我一跳，她就扑我的腿，以为我是和她玩耍呢。她已一岁多了，尚未生小猫。扑我的腿，和有时候高声咪喵，或系性欲的压迫，我在来年必须为她定婚，这也在计划之中。

至于钱财，我向无计划。钱到手不知怎么就全另找了去处。来年呢，打算要小心一些。书，当然是要买的。饭，也不能不吃。要是俭省，得由零花上设法。袋中至多只带一块钱是个好办法；不然，手一痒则钞票全飞。就这样吧，袋中只带一元，想进铺子而不敢，则得之矣。

这像个计划与否，我自己不知道。不过，无论怎样，我是有志向善，想把生活"计划化"了。"计划化"惯了，生命就能变成个计划。将来不幸一命身亡，会有人给立一小块石碑，题曰"舒计划葬于此"。新年不宜说丧气话，那么，取销这条。

记懒人

一间小屋，墙角长着些兔儿草，床上卧着懒人。他姓什么？或者因为懒得说，连他自己也记不清了。大家只呼他为懒人，他也懒得否认。

在我的经验中，他是世上第一个懒人，因此我对他很注意：能上"无双谱"的总该是有价值的。

幸而人人有个弱点，不然我便无法与他来往；他的弱点是喜欢喝一盅。虽然他并不因爱酒而有任何行动，可是我给他送酒去，他也不坚持到底的不张开嘴。更可喜的是三杯下去，他能暂时的破戒——和我说话。我还能舍不得几瓶酒么？所以我成了他的好友。自然我须把酒杯满上，送到他的唇边，他才肯饮。为引诱他讲话，我能不殷勤些？况且过了三杯，我只须把酒瓶放在他的手下，他自己便会斟满的。

他的话有些，假如不都是，很奇怪可喜的。而且极其天真，因为他的脑子是懒于搜集任何书籍上的与旁人制造的话的。他没有常识，因此他不讨厌。他确是个宝贝，在这可厌的社会中。

据他说，他是自幼便很懒的。他不记得他的父亲是黄脸膛还是白净无须；他三岁的时候，他的父亲死去；他懒得问妈妈关于爸爸的事。他是妈妈的儿子，因为她也是懒得很有个模样儿。旁的妇女是孕后九或十个月就生产。懒人的妈妈怀了他一年半，因为懒得生产。他的生日，没人晓得；妈妈是第一个忘记了它，他自然想不起问。

他的妈妈后来也死了，他不记得怎样将她埋葬。可是，他还记得妈妈的面貌。妈妈，虽在懒人的心中，也难免被想念着；懒人借着酒力叹了一口十年未曾叹过的气；泪是终于懒得落的。

他入过学。懒得记忆一切，可是他不能忘记许多小四方块的字，因为学校里的人，自校长至学生，没有一个不像活猴儿，终日跳动；所以他不能不去看那些小四方块，以得些安慰。最可怕的记忆便是"学生"。他想不出为何他的懒妈将他送入学校去，或者因为他入了学，她可以多心静一些？苦痛往往逼迫着人去记忆。他记得"学生"——一群推他打他挤他踢他骂他笑他的活猴子。他是一块木头。被猴子们向四边推滚。他似乎也毕过业，但是懒得去领文凭。

"老子的心中到底有个'无为'萦绕着，我连个针尖大的理想也没有。"他已饮了半瓶白酒，闭着眼说。

"人类的纷争都是出于好事好动：假如人都变成桂树或梅花，世上当怎样的芬香静美？"我故意诱他说话。

他似乎没有听见，或是故意懒得听别人的意见。

我决定了下次再来，须带白兰地；普通的白酒还不够打开他的说话机关的。

白兰地果然有效，他居然坐起来了。往常他向我致敬只是闭着眼，稍微动一动眉毛。然后，我把酒递到他的唇边，酒过三杯，他开始讲话，可是始终是躺在床上不起来。酒喝足了，在我告辞之际，他才肯指一指酒瓶，意思是叫我将它挪开；有的时候他连指指酒瓶都觉得是多事。

白兰地得着了空前的胜利，他坐起来了！我的惊异就好似看见了死人复活。我要盘问他了。

"朋友,"我的声音有点发颤,大概因为是有惊有喜,"朋友,在过去的经验中,你可曾不懒过一天或一回没有呢?"

"天下有多少事能叫人不懒一整天呢?"他的舌头有点僵硬。我心中更喜欢了:被酒激硬的舌头是最喜欢运动的。

"那么,不懒过一回没有呢?"

他没当时回答我。我看得出,他是搜寻他的记忆呢。他的脸上有点很近于笑的表示——这不过是我的猜测,我没见过他怎样笑。过了好久,他点了点头,又喝下一杯酒,慢慢的说:

"有过一次。许久许久以前的事了。设若我今年是四十岁——没心留意自己的岁数——那必是我二十来岁的事了。"

他又停顿住了。我非常的怕他不再往下说,可是也不敢促迫他;我等着,听得见我自己的心跳。

"你说,什么事足以使懒人不懒一次。"他猛孤丁的问了我一句。

我一时找不到相当的答案；不知道是怎么想起来的，我这么答对了他：

"爱情，爱情能使人不懒。"

"你是个聪明人！"他说。

我也吞了一大口白兰地，我的心几乎要跳出来。

他的眼合成一道缝，好像看着心中正在构成着的一张图画。然后向自己念道："想起来了！"

我连大气也不敢出的等着。

"一株海棠树，"他大概是形容他心里哪张画，"第一次见着她，便是在海棠树下。开满了花，像蓝天下的一大团雪，围着金黄的蜜蜂。我与她便躺在树下，脸朝着海棠花，时时有小鸟踏下些花片，像些雪花，落在我们的脸上，她，那时节，也就是十几岁吧，我或者比她大一些。她是妈妈的娘家的；不晓得怎样称呼她，懒得问。我们躺了多少时候？我不记得。只记得那是最快活的一天：听着蜂声，闭着眼用脸承接着花片，花荫下见不着阳光，可是春气吹拂着全身，安适而温暖。我们俩就像埋在春光中的一对爱人，最好能永远不动，直到宇宙崩毁的时候。她是我理想中的人儿。她和妈妈相似——爱情在静里享受。别的女子们,见了花便折,见了镜子就照,使人心慌意乱。她能领略花木样的恋爱;我是讨厌蜜蜂的,终日瞎忙。可是在那一天,蜜蜂确是不错,它们的嗡嗡使我半睡半醒,半死半生;在生死之间我得到完全的恬静与快乐。这个快乐是一睁开眼便会失去的。"

他停顿了一会儿,又喝了半杯酒。他的话来得流畅轻快了:"海棠花开残,她不见了。大概是回了家,大概是。临走的那一天,我与她在海棠树下——花开已残,一树的油绿叶儿,小绿海棠果顶着些黄须——彼此看着脸上的红潮起落,不知起落了多少次。我们都懒得说话。眼睛交谈了一切。"

"她不见了,"他说得更快了,"自然懒得去打听,更提不到去找她。想她的时候,我便在海棠树下静卧一天。第二年花开的时候,她没有来,花一点也不似去年那么美了,蜂声更讨厌。"

这回他是对着瓶口灌了一气。

"又看见她了,已长成了个大姑娘。但是,但是,"他的眼似乎不得力的眨了几下,微微有点发湿,"她变了。她一来到,我便觉出她太活泼了。她的话也很多,几乎不给我留个追想旧时她怎样静美的机会了。到了晚间，她偷偷的约我在海棠树下相见。我是日落后向不轻动一步的，可是我答应了她；爱情使人能不懒了，你是个聪明人。我不该赴约，可是我去了。她在树下等着我呢。'你还是这么懒？'这是她的第一句话，我没言语。'你记得前几年，咱们在这花下？'她又问，我点了点头——出于不得已。'唉！'她叹了一口气，'假如你也能不懒了；你看我！'我没说话。'其实你也可以不懒的；假如你真是懒得到家，为什么你来见我？你可以不懒！咱们——'她没往下说，我始终没开口，她落了泪，走开。我便在海棠下睡了一夜，懒得再动。她又走了。不久听说她出嫁了。不久，听说她被丈夫给虐待死了。懒是不利于爱情的。但是，她，她因不懒而丧了一朵花似的生命！假如我听她的话改为勤谨，也许能保全了她，可也许丧掉我的命。假如她始终不改懒的习惯，也许我们到现在还是同卧在海棠花下，虽然未必是活着，可是同卧在一处便是活着，永远的活着。只有成双作对才算爱，爱不会死！"

"到如今你还想念着她？"我问。

"哼，那就是那次破了懒戒的惩罚！一次不懒，终身受罪；我还不算个最懒的人。"他又卧在床上。

我将酒瓶挪开。他又说了话：

"假如我死去——虽然很懒得死——请把我埋在海棠花下，不必费事买棺材。我懒得理想，可是既提起这件事，我似乎应当永远卧在海棠花下——受着永远的惩罚！"

过了些日子，我果然将他埋葬了。在上边临时种了一株海棠；有海棠树的人家没有允许我埋人的。

狗之晨

东方既明，宇宙正在微笑，玫瑰的光吻红了东边的云。大黑在窝里伸了伸腿；似乎想起一件事，啊，也许是刚才作的那个梦；谁知道，好吧，再睡。门外有点脚步声！耳朵竖起，像雨后的两枝慈姑叶；嘴，可是，还舍不得项下那片暖，柔，有味的毛。眼睛睁开半个。听出来了，又是那个巡警，因为脚步特别笨重，闻过他的皮鞋，马粪味很大；大黑把耳朵落下去，似乎以为巡警是没有什么趣味的东西。但是，脚步到底是脚步声，还得听听；啊，走远了。算了吧，再睡。把嘴更往深里顶了顶，稍微一睁眼，只能看见自己的毛。

刚要一迷糊，哪来的一声猫叫？头马上便抬起来。在墙头上呢，一定。可是并没看到；纳闷：是那个黑白花的呢，还是那个狸子皮的？想起那狸子皮的，心中似乎不大起劲；狸子皮的抓破过大黑的鼻子；不光荣的事，少想为妙。还是那个黑白花的吧，那天不是大黑几乎把黑白花的堵在墙角么？这么一想，喉咙立刻痒了一下，向空中叫了两声。

"安顿着，大黑！"屋中老太太这么喊。

大黑翻了翻眼珠，老太太总是不许大黑咬猫！可是不敢再作声，并且向屋子那边摇了摇尾巴。什么话呢，天天那盆热气腾腾的食是谁给大黑端来？老太太！即使她的意见不对也不能得罪她，什么话呢，大黑的灵魂是在她手里拿着呢。她不准大黑叫，大黑当然不再叫。假如不服从她，而她三天不给端那热腾腾的食来？大黑不敢再往下想了。

似乎受了刺激，再也睡不着；咬咬自己的尾巴，大概是有个狗蝇，讨厌的东西！窝里似乎不易找到尾巴，出去。在院里绕着圆圈找自己的尾巴，刚咬住，"不棱"，又被（谁？）夺了走，再绕着圈捉。有趣，不觉得嗓子里哼出些音调。

"大黑！"

老太太真爱管闲事啊！好吧，夹起尾巴，到门洞去看看。坐在门洞，顺着门缝往外看，喝，四眼已经出来遛早了！四眼是老朋友：那天要不幸亏是四眼，大黑一定要输给二青的！二青那小子，处处是大黑的仇敌：抢骨头，闹恋爱，处处他和大黑过不去！假如那天他咬住大黑的耳朵？十分感激四眼！"四眼！"热情地叫着。四眼正在墙根找到包厢似的方便所在，刚要抬腿；"大黑，快来，到大院去跑一回？"

大黑焉有不同意之理，可是，门，门还关着呢！叫几声试试，也许老头就来开门。叫了几声，没用。再试试两爪，在门上抓了一回，门纹丝没动！

眼看着四眼独自向大院跑去！大黑真急了，向墙头叫了几声，虽然明知道自己没有上墙的本领。再向门外看看，四眼已经没影了。可是门外走着个叫花子，大黑借此为题，拼命的咬起来。大黑要是有个缺点，那就是好欺侮苦人。见汽车快躲，见穷人紧追，大黑几乎由习惯中形成这么两句格言。叫花子也没影了，大黑想象着狂咬一番，不如是好像不足以表示出自己的尊严，好在想象是不费什么实力的。

大概老头快来开门了，大黑猜摸着。这么一想，赶紧跑到后院去，以免大清早晨的就挨一顿骂。果然，刚到后院，就听见老头儿去开街门。大黑心中暗笑，觉得自己的智慧足以使生命十分有趣而平安。

等到老头又回到屋中，大黑轻轻的顺着墙根溜出去。出了街门，抖了抖身上的毛，向空中闻了闻，觉得精神十分焕发。然后又伸了个懒腰，就手儿在地上磨了磨脚指甲，后腿蹬起许多的土，沙沙的打在墙上，非常得意。在门前蹲坐起来，耳朵立着，坐着比站着身量高，加上两个竖立的耳朵，觉得自己很伟大而重要。

刚这么坐好，黄子由东边来了。黄子是这条胡同里的贵族，身量大，嘴是方的，叫的声音瓮声瓮气。大黑的耳朵渐渐往下落，心里嘀咕：还是坐着不动好呢，还是向黄子摆摆尾巴好呢，还是以进为退假装怒叫两声呢？他知道黄子的厉害，同时，又要顾及自己的尊严。他微微的回了回头，嗷，没关系，坐在自己家门口还有什么危险？耳朵又微微的往上立，可是其余的地方都没敢动。

黄子过来了！在离大黑不远的一个墙角闻了闻，好像并没注意大黑。大黑心中同时对自己下了两道命令：

"跑！""别动！"

黄子又往前凑了凑，几乎是要挨着大黑了。大黑的胸部有些颤动。可是黄子还好似没看见大黑，昂然走过去。他远了，大黑开始觉得不是味道：为什么不乘着黄子没防备好而扑过去咬他一口？十分的可耻，那样的怕黄子。大黑越想越看不起自己。为发泄心中的怒气，开始向空中瞎叫。继而一想，万一把黄子叫回来呢？登时立起来，向东走去，这样便不会和黄子走个两碰头。

大黑不像黄子那样在道路当中卷起尾巴走。而是夹着尾巴顺墙根往前溜；这样，如遇上危险，至少屁股可以拿墙作后盾，减少后方的防务。在这里就可以看出大黑并不"大"；大黑的"大"和小花的"小"，都不许十分叫真的。可是他极重视这个"大"字，特别和他主人在一块的时候，主人一喊"大"黑，他便觉得自己至少有骆驼那么大，跟谁也敢拼一拼。就是主人不在眼前的时候，他也不敢承认自己是小。因为连不敢这么承认还不肯卷起尾巴走路呢；设若根本的自认渺小，那还敢出来走走吗。"大"字是他的主心骨。"大"字使他对小哈巴狗，瘦猫，叫花子，敢张口就咬；"大"字使他有时候对大狗——像黄子之类的——也敢露一露牙,和嗓子眼里细叫几声;而且主人在跟前的时候"大"字使他甚至于敢和黄子干一仗,虽明知必败,而不得不这样牺牲。狗的世界是不和平的,大黑专仗着这个"大"字去欺软怕硬的享受生命。

大黑的长相也不漂亮,而最足自馁的是没有黄子那样的一张方嘴。狗的女性们,把吻永远白送给方嘴;大黑的小尖嘴,猛看像个子粒不足的"老鸡头",就是把舌头伸出多长,她们连向他笑一下都觉得有失尊严。这个,大黑在自思自叹的时候,不能不归罪于他的父母。虽然老太太常说,大黑的父亲是饭庄子的那个小驴似的老黑,他十分怀疑这个说法。况且谁是他的母亲?没人知道!大黑没有可靠的家谱作证,所以连和四眼谈话的时候,也不提家事;大黑十分伤心,更不敢照镜子;地上有汪水,他都躲开。对于大黑,顾影是不能引起自怜的。那条尾巴!细,软,毛儿不多,偏偏很长,就是卷起来也不威武,况且卷着还很费事;老得夹着!

大黑到了大院。四眼并没在那里。大黑赶紧往四下看看,好在二青什么的全没在那里,心里安定了些。由走改为小跑，觉得痛快。好像二青也算不了什么，而且有和二青再打一架的必要。再和二青打的时候，顶好是咬住他一个地方，死不撒嘴，这样必能致胜。打倒了二青，再联络四眼战败黄子，大黑便可以称雄了。

远处有吠声，好几个狗一同叫呢。细听，有她的声音！她，小花！大黑向她伸过多少回舌头，摆过多少回尾巴；可是她，她连正眼瞧大黑一眼也不瞧！不是她的过错；战败二青和黄子，她自然会爱大黑的。大黑决定去看看，谁和小花一块唱恋歌呢。快跑。别，跑太快了，和黄子碰个头，可不得了；谨慎一些好。四六步的跑。

看见了：小花，喝，围着七八个，哪个也比大黑个子大，声音高！无望！不便于过去。可是四眼也在那边呢；四眼敢，大黑为何不敢？可是，四眼也个子不小哇，至少四眼的尾巴卷得有个样儿。有点恨四眼，虽然是好朋友。

大黑叫开了。虽然不敢过去，可是在远处示威总比那一天到晚闷在家里的小哈巴狗强多了。那边还有个小板凳狗，安然的在家门口坐着，连叫也不敢叫；大黑的身份增高了很多，凡事就怕比较。

那群大狗打起来了。打得真厉害，啊，四眼倒在底下了。哎呀四眼；嗽，活该；到底他已闻了小花一鼻子。大黑的嫉妒把友谊完全忘了。看，四眼又起来了，扑过小花去了，大黑的心差点跳出来了，自己耗着转了个圆圈。啊，好！小花极骄慢的躲开四眼。好，小花，大黑痛快极了。

那群大狗打过这边来了，大黑一边看着一边退步，心里说：别叫四眼看见，假如一被看见，他求我帮忙，可就不好办了。往后退，眼睛呆看着小花，她今天特别的骄傲，好看。大黑恨自己！退得离小板凳狗不远了，唉，拿个小东西杀杀气吧！闻了小板凳一下，小板凳跳起来，善意的向大黑腿部一扑，似乎是要和大黑玩耍玩耍。大黑更生气了；谁和你个小东西玩呢？牙露出来，耳朵也立起来示威。小板凳真不知趣：轻轻抓了地几下，腰儿塌着，尾巴卷着直摆。大黑知道这个小东西是不怕他，嘴张开了，预备咬小东西的脖子。正在这个当儿，大狗们跑过来了。小板凳看着他们，小嘴儿嘛着巴巴的叫起来，毫无惧意。大黑转过身来，几乎碰着黄子的哥哥，比黄子还大，鼻子上一大道白，这白鼻梁看着就可怕！

大黑深恐小板凳的吠声引起他们的注意，而把大黑给围在当中。可是他们只顾追着小花，一群野马似的跑了过去，似乎谁也没有看到大黑。大黑的耻辱算是到了家，他还不如小板凳硬气呢！

似乎得设法叫小板凳看出大黑是和那群大狗为伍的：好吧，向前赶了两步，轻轻的叫了两声，瞭了小板凳一眼，似乎是说：你看，我也是小花的情人；你，小板凳，只配在这儿坐着。

风也似的，小花在前，他们在后紧随，又回来了！躲是来不及了，大黑的左右都是方嘴——都大得出奇！他们全身没有一根毛能舒坦的贴着肉皮子，全离心离骨的立起来。他的腿好像抽出了骨头，只剩下些皮和筋，而还要立着！他的尖嘴向四围纵纵着，只露出一对大牙。他的尾巴似乎要挤进肚皮里去。他的腰躬着，可是这样缩短，还掩不住两旁的筋骨。小花，好像是故意的，挤了他一下。他一点也不觉得舒服，急忙往后退。后腿碰着四眼的头。四眼并没招呼他。

一阵风似的，他们又跑远了。大黑哆嗦着把牙收回嘴中去,把腰平伸了伸,开始往家跑。后面小板凳追上来，一劲巴巴的叫。大黑回头龇了龇牙：干吗呀，你！似乎是说。

回到家中，看了看盆里，老太太还没把食端来。倒在台阶上，舐着腿上的毛。

"一边去！好狗不挡道，单在台阶上趴着！"老太太喊。

翻了翻白眼，到墙根去卧着。心中安定了，开始设想：假如方才不害怕，他们也未必把我怎样了吧！后悔：小花挤了我一下，假使乘那个机会……决定不行，决定不行！那个小板凳！焉知小板凳不是个女性呢，竟自忘了看！谁和小板凳讲交情呢！

门外有人拍门。大黑立刻精神起来，等着老太太叫大黑。

"大黑！"

大黑立刻叫起来，往下扑着叫，觉得自己十二分的重要威严。老太太去看门，大黑跟着，拼命的叫。

送信的。大黑在老太太脚前扑着往外咬。邮差安然不动。老太太踢了大黑一腿："怎这么讨厌，一边去！"

大黑不敢再叫，随着老太太进来，依旧卧在墙根。

肚中发空,眼瞭着食盆,把一切都忘了,好像大黑的生命存在与否只看那个黑盆里冒热气不冒!

新年醉话

大新年的，要不喝醉一回，还算得了英雄好汉么？喝醉而去闷睡半日，简直是白糟蹋了那点酒。喝醉必须说醉话，其重要至少等于新年必须喝醉。

醉话比诗话词话官话的价值都大，特别是在新年。比如你恨某人，久想骂他猴崽子一顿。可是平日的生活，以清醒温和为贵，怎好大睁白眼的骂阵一番？到了新年，有必须喝醉的机会，不乘此时节把一年的"储蓄骂"都倾泻净尽，等待何时？于是乎骂矣。一骂，心中自然痛快，且觉得颇有英雄气概。因此，来年的事业也许更顺当，更风光；在元旦或大年初二已自许为英雄，一岁之计在于春也。反之，酒只两盅，菜过五味，欲哭无泪，欲笑无由。只好哼哼唧唧噜哩噜苏，如老母鸡然，则癞狗见了也多咬你两声，岂能成为民族的英雄？

再说，处此文明世界，女扮男装。许多许多男子大汉在家中乾纲不振。欲恢复男权，以求平等，此其时矣。你得喝醉哟，不然哪里敢！既醉，则挑鼻子弄眼，不必提名道姓，而以散文诗冷嘲，继以热骂：头发烫得像鸡窝，能孵小鸡么？曲线美，直线美又几个钱一斤？老子的钱是容易挣得？哼！诸如此类，无须管层次清楚与否，但求气势畅利。每当少为停顿，则加一哼，哼出两道白气，这么一来，家中女性，必都惶恐。如不惶恐，则拉过一个——以老婆为最合适——打上几拳。即使因此而罚跪床前，但床前终少见证，而醉骂则广播四邻，其声势极不相同，威风到底是男子汉的。闹过之后，如有必要，得请她看电影；虽发似鸡窝如故，且未孵出小鸡，究竟得显出不平凡的亲密。即使完全失败，跪在床前也不见原谅，到底酒力热及四肢，不至着凉害病，多跪一会儿正自无损。这自然是附带的利益，不在话下。无论怎说，你总得给女性们一手儿瞧瞧，纵不能一战成功，也给了她们个有力的暗示——你并不是泥人哟。久而久之，只要你努力，至少也使她们明白过来：你有时候也会闹脾气，而跪在床前殊非完全投降的意思。

至若年底揗债，醉话尤为必需。讨债的来了，见面你先喷他一口酒气，他的威风马上得低降好多，然后，他说东，你说西，他说欠债还钱，你唱《四郎探母》。虽曰无赖，但过了酒劲，日后见面，大有话说。此"尖头曼"之所以为"尖头曼"也。

醉话之功，不止于此，要在善于运用。秘诀在这里：酒喝到八成，心中还记得"莫谈国事"，把不该说的留下；可以说的，如骂友人与恫吓女性，则以酒力充分活动想象力，务使自己成为浪漫的英雄。骂到伤心之处，宜紧紧摇头，使眼泪横流，自增杀气。

当是时也，切莫题词寄信，以免留叛逆的痕迹。必欲艺术的发泄酒性，可以在窗纸上或院壁上作画。画完题"醉墨"二字，豪放之情乃万古不朽。

《矛盾月刊》新年特大号向我要文章。写小说吧，没工夫；作诗，又不大会。就寄了这么几句，虽然没有半点艺术价值，可是在实际上不无用处。如有仁人君子照方儿吃一剂，而且有效,那我要变成多么有光荣的我哟!

一九三四年节——作者。

抬头见喜

对于时节,我向来不特别的注意。拿清明说吧,上坟烧纸不必非我去不可,又搭着不常住在家乡,所以每逢看见柳枝发青便晓得快到了清明,或者是已经过去。对重阳也是这样,生平没在九月九登过高,于是重阳和清明一样的没有多大作用。

端阳,中秋,新年,三个大节可不能这么马虎过去。即使我故意躲着它们,账条是不会忘记了我的。也奇怪,一个无名之辈,到了三节会有许多人惦记着,不但来信,送账条,而且要找上门来!

设若故意躲着借款,着急,设计自杀等等,而专讲三节的热闹有趣那一面儿,我似乎是最喜爱中秋。"似乎",因为我实在不敢说准了。幼年时,中秋必是个很可喜的节,要不然我怎么还记得清清楚楚那些"兔儿爷"

的样子呢？有"兔儿爷"玩，这个节必是过得十二分有劲。可是从另一方面说，至少有三次喝醉是在中秋；酒入愁肠呀！所以说"似乎"最喜爱中秋。

事真凑巧，这三次"非杨贵妃式"的醉酒我还都记得很清楚。那么，就说上一说呀。第一次是在北平，我正住在翊教寺一家公寓里。好友卢嵩庵从柳泉居运来一坛子"竹叶青"，又约来两位朋友——内中有一位是不会喝的——大家就抄起茶碗来。坛子虽大，架不住茶碗一个劲进攻；月亮还没上来，坛子已空。干什么去呢？打牌玩吧。各拿出铜元百枚，约合大洋七角多，因这是古时候的事了。第一把牌将立起来，不晓得——至今还不晓得——我怎么上了床。牌必是没打成，因为我一睁眼已经红日东升了。

第二次是在天津，和朱荫棠在同福楼吃饭，各饮绿茵陈二两。吃完饭，到一家茶肆去品茗。我朝窗坐着，看见了一轮明月，我就吐了。这回决不是酒的作用，毛病是在月亮。

第三次是在伦敦。那里的秋月是什么样子，我说不上来——也许根本没有月亮其物。中国工人俱乐部里有多人凑热闹，我和沈刚伯也去喝酒。我们俩喝了两瓶葡萄酒。酒是用葡萄还是葡萄叶儿酿的，不可得而知，反正价钱很便宜；我们俩自古至今总没作过财主。喝完，各自回寓所。一上公众汽车，我的脚忽然长了眼睛，专找别人的脚尖去踩。这回可不是月亮的毛病。

对于中秋，大致如此——无论如何也不能说它坏。就此打住。

至若端阳，似乎可有可无。粽子，不爱吃。城隍爷现在也不出巡；即使再出巡，大概也没有跟随着走几里路的兴趣。樱桃真是好东西，可惜被黑白桑葚给带累坏了。

新年最热闹，也最没劲，我对它老是冷淡的。自从一记事儿起，家中就似乎很穷。爆竹总是听别人放，我们自己是静寂无哗。记得最真的是家中一张《王羲之换鹅》图。每逢除夕，母亲必把它从个神秘的地方找出来，挂在堂屋里。姑母就给说那个故事；到如今还不十分明白这故事到底有什么意思，只觉得"王羲之"三个字倒很响亮好听。后来入学，读了《兰亭序》，我告诉先生，王羲之是在我的家里。

长大了些，记得有一年的除夕，大概是光绪三十年前的一、二年，母亲在院中接神，雪已下了一尺多厚。高香烧起，雪片由漆黑的空中落下，落到火光的圈里，非常的白，紧接着飞到火苗的附近，舞出些金光，即行消灭；先下来的灭了，上面又紧跟着下来许多，像一把"太平花"倒放。我还记着这个。我也的确感觉到，那年的神仙一定是真由天上回到世间。

中学的时期是最忧郁的，四五个新年中只记得一个，最凄凉的一个。那是头一次改用阳历，旧历的除夕必须回学校去，不准请假。姑母刚死两个多月，她和我们同住了三十年的样子。她有时候很厉害，但大体上说，她很爱我。哥哥当差，不能回来。家中只剩母亲一人。我在四点多钟回到家中，母亲并没有把"王羲之"找出来。吃过晚饭，我不能不告诉母亲了——我还得回校。她愣了半天，没说什么。我慢慢的走出去，她跟着走到街门。摸着袋中的几个铜子，我不知道走了多少时候，才走到了学校。路上必是很热闹，可是我并没看见，我似乎失了感觉。到了学校，学监先生正在学监室门口站着。他先问的我："回来了？"我行了个礼。他点了点头，笑着叫了我一声："你还回去吧。"这一笑，永远印在我心中。假如我将来死后能入天堂，我必把这一笑带给上帝去看。

我好像没走就又到了家，母亲正对着一支红烛坐着呢。她的泪不轻易落，她又慈善又刚强。见我回来了，她脸上有了笑容，拿出一个细草纸包儿来："给你买的杂拌儿，刚才一忙，也忘了给你。"母子好像有千言万语，只是没精神说。早早的就睡了。母亲也没接神。

中学毕业以后，新年，除了为还债着急，似乎已和我不发生关系。我在哪里，除夕便由我照管着哪里。别人都回家去过年，我老是早早关上门，在床上听着爆竹响。平日我也好吃个嘴儿，到了新年反倒想不起弄点什么吃，连酒也不喝。在爆竹稍静下些的时节，我老看见些过去的苦境。可是我既不落泪，也不狂歌，我只静静的躺着。躺着躺着，多咱烛光在壁上幻出一个"抬头见喜"，那就快睡去了。

写信

写信是近代文化病之一,类似痎疾,一会儿一阵,每日若干次。可是如得其道,或可稍减痛苦。兹条列有效办法如下:

(一)给要人写信宜挂号,或快邮,以引起注意;要人每日接信甚多也。

(二)托人办事的信,莫等回信(参看第四条),应即速发第二封。第二封宜比第一封更客气;这样,或足使对方觉得不好意思不回信。

(三)托人办事的信,信封信纸均宜讲究,字勿潦草。顶好随寄些礼物。答友人求事函,虽利用讣文之空隙亦可。

(四)接信切勿于五日内回答,以免又惹起麻烦。尤其是托办事的信,搁下不答,也许就马虎过去;焉知求事的人不于最短期间已从别方面有了办法哉。如又得函催办前事，仍宜不答，似与之绝交者；直至你托他时，再恢复邦交。

（五）与不识之人通信，宜呼老师。

（六）接不相识之人来信，不答；如呼老师，可报以短函。

（七）托人转信，须托比收信人地位高的。

（八）回信不必贴足邮票，不贴尤妙。

（九）为减少检信官员的疑心，书信宜用文言，问候语越多越好。

（十）故意接受检查（如骂人的祖宗函），信封上宜写某某女士收或发。

（十一）挂号信勿落于太太之手，内或有汇票也。

（十二）见别人的信，当即代拆代阅；阅后，保存或扔掉，随便。

（十三）索欠函或账条宜原物退回。

（十四）无论填写何项表格，"永久通信处"宜空着。

（十五）平安家信印好一千张，按时填发。本条极不适用于情书。

（十六）情书须与绝命书同时写好，以免临时赶作。

辞工

您是没见过老田,万幸,他能无缘无故的把人气死。就拿昨天说吧。昨天是星期六,照例他休息半天。吃过了午饭,刷刷的下起雨来。老田进来了:"先生,打算跟您请长假!"为什么呢?"您看,今天该我歇半天,偏偏下雨!"

"我没叫谁下雨呀!"我说。

"可是您叫我星期六休息。"他说。

"今天出不去,不会明天再补上吗?"我说。

"今天是今天,明天是明天,今天我怎么办?"他说。

"你上吊去。"我说。

"在哪儿上?"他说。

幸而二姐来了,把这一场给解说过去。我指给他一条路,叫他去睡觉。

我不知道他睡着了没有，不大一会儿他又进来了："先生，打算跟您请长假！"

"又怎么了？"我说。

"您看，我刚要睡着，小球过来闻我的鼻子。"他说。

"我没让小球闻你的鼻子。"我说。

"可是您叫我去睡觉。"他说。

"不爱睡就不用睡呀。"我说。

"大下雨的天，不睡干什么？"他说。

"我没求龙王爷下雨呀。"我说。

"可是您叫我星期六休息。"他说。

"好吧，你要走就走，给你两个月的工钱。"我说。

"您还得多给点，外边还有点零碎账儿。"他说。

"有五块钱够不够？"我说。

"够了。"他说。

他拿着钱走出去。

雨小了，南边的天有裂开的样子。

老田抱着小球，在房檐下站着。站的工夫大了，我始终没搭理他。他跟小球说开了："小乖球，小白球，找先生去吧？"

我知道他是要进来找我。果然他搭讪着进来了。

"先生，天快晴了，我还是出去走一趟吧。"他说。

"不请长假了？"我说。

他假装没听见。"先生，那五块钱我先拿着吧，家里今年麦秋收得不好。"

"那天你不是说麦子收得很好吗？"我说。

"那，我说的是别人家的麦子。"他说。

"好，去吧；回来的时候给我带几个好桃儿来。"我说。

"这几天没有好桃。"他说。

"你假装的给我找一下，找着呢就买，找不着拉倒。"我说。

"好吧。"他说；走了出去。

到夜里十一点，我睡了，他才回来。

"先生，给您桃儿，直找了半夜，才找到这么几个好的。"他在窗外说。

"先放着吧，"我说，"蹦蹦戏什么时候散的？"

"刚散。"他说。

"你怎么听完了戏，又找了半夜的桃呢？"我说。

"哪，我看见别人刚从戏棚里出来；我并没听去。"

他说。

今天早晨起来，老田一趟八趟的往外跑，好像等着什么要紧的信或消息似的。

"老田，给我买来的桃呢？"我说。

"我这不是直给您在外边看着吗？等有好的过来给您买几个。"他说。

"那么昨天晚上你没买来？"我说。

"昨晚上您不是睡了吗？早晨买刚下树的多么好！"他说。

不食无劳

现而今之青年每于西餐馆中，或跳舞场内，欣欣然乐道：不劳无食。其实是大大的不对。何则？听俺道来。

夫食色性也。但食先于色。设生而不食，则不能长大成人。设不能长大成人，焉能娶妻而生子；色即是空，空即是色，良有以也。那么，根本不吃，色焉从来？

更有进者，食，麻烦事也。人不为面包而生。苟为面包而生，必先烤面成包，必先砌炉，必先磨面，必先制砖，必先种地，何其不惮烦也！劳由食起，而色由食生，既劳且色，必制红色补丸以培元养气，不智孰甚？所谓不劳无食，是事实之当然，何须提倡；而今居然有人大声吆喝之，始作"蛹"者，其作茧自缚乎？

为今之计，大家不食，一齐喝风，则四海之内风平浪静，老死不相往来，见面无须问"吃过没有"，地上即天国也。

且腹空空则少欲,男视女不斜其目,女视男不桃红其腮,情书免写,免战高悬,男左女右,授受不亲,岂非顶瓜瓜礼义之邦?久不食,嘴失其用,仅遗一纹,而实无唇舌,欲吻而不得,更何从以言恋爱?久不食,腹失其用,细如带,软若皮糖,欲抱腰而舞,则软倒一堆,碰得生疼,更何从以言交际?

余友牛克司者,昔以鸦片之精制黑气炮,大破十国联军;今且制化学风,吸之即饱,永不思食,亦无食物之火力与恶效,是诚一劳永逸之方,人类之和平实有赖于此。为文以誉之,关心世界和平者幸勿交臂失之。牛君寓沪四马路,亦长于文学云尔。

为被拒迁入使馆区八百余人上外交总长文

（报载北平使馆区拒绝华人迁入避难。故代鸣不平。）

呈为呈请事：窃查明哲保身，先贤垂训，英雄惜命，乱邦不居。公民等生遭末世，时怀戒心，家寄长安，恨乏租界！故每值同室操戈，辄乞安全于使馆，况今逢异族入寇，宜托生命于交民。衡之国际情谊，四海应称兄弟，加以身家关系，千圆岂吝酬金！乃今榆关失守，敌马狂驰，而使馆宣言，华人禁入。查公民等八百余人尽爱国良善：既无共产之嫌，素守先贤之教。烟泡数丸，国危自甘尝胆；土牢三尺，地隘只乞拳身。巨厦琼楼本非敢望，孤灯短榻即惬所期；并此而绝之，是可忍孰不可忍！据言使馆值年，今为日本，故横加刁难，仟肆威淫；公民等向不抵制仇货，更未声援义军，固未当敌视也。况日军已陷榆关,即下华北,是今日之仇,即来日之友,今日使馆之旅宾,即将来天皇之臣庶,苟拒之于斯时,而纳之于来日,何前倨而后恭也!且胜不宜骄,宽能得众,苟舍义路而不由,必恃兵戈以为武,则民心一失,王道斯崩,智者弗取也!合以上情由,理应具文呈请:

大部提出抗议,以慰群情!鹤唳风声,事已急矣,不胜惶恐待命之至!谨呈外交总长。

具呈人八百余人签名

到了济南

一

到济南来,这是头一遭。挤出车站,汗流如浆,把一点小伤风也治好了,或者说挤跑了;没秩序的社会能治伤风,可见事儿没绝对的好坏;那么,"相对论"大概就是这么琢磨出来的吧?

挑选一辆马车。"挑选"在这儿是必要的。马车确是不少辆,可是稍有聪明的人便会由观察而疑惑,到底那里有多少匹马是应当雇八个脚夫抬回家去?有多少匹可以勉强负拉人的责任?自然,刚下火车,决无意去替人家抬马,虽然这是善举之一;那么,找能拉车与人的马自是急需。然而这绝对不是容易的事儿,因为:第一,那仅有的几匹颇带"马"的精神的马,已早被手急眼快的主顾雇了去。第二，那些"略"带"马气"的马，本来可以将就，那怕是只请他拉着行李——天下还有比"行李"这个字再不顺耳，不得人心，惹人头皮疼的？而我和赶车的在辕子两边担任扶持，指导，劝告，鼓励，（如还不走）拳打脚踢之责呢。这凭良心说，大概不能不算善于应付环境，具有东方文化的妙处吧？可是，"马"的问题刚要解决，"车"的问题早又来到：即使马能走三里五里，坚持到底不摔跟头；或者不幸跌了一交，而能爬起来再接再厉；那车，那车，那车，是否能装着行李而车底儿不哗啦啦掉下去呢？又一个问题，确乎成问题！假使走到中途，车底哗啦啦，还是我扛着行李（赶车的当然不负这个责任），在马旁同行呢？还是叫马背着行李，我再背着马呢？自然是，三人行必有我师，陪着御者与马走上一程，也是有趣的事；可是，花了钱雇车，而自扛行李，单为证明"三人行必有我师"，是否有点发疯？至于马背行李，我再负马，事属非常，颇有古代故事中巨人的风度，是！可有一层，我要是被压而死，那马是否能把行李送到学校去？我不算什么，行李是不能随便掉失的！不为行李，起初又何必雇车呢？小资产阶级的逻辑，不错；但到底是逻辑呀！第三，别看马与车各有问题，马与车合起来而成的"马车"是整个的问题，敢情还有惊人的问题呢——车价。一开首我便得罪了一位赶车的，我正在向那些马国之鬼，和那堆车之骨骼发呆之际，我的行李突然被一位御者抢去了。我并没生气，反倒感谢他的热心张罗。当他把行李往车上一放的时候，一点不冤人，我确乎听见哗啦一声响，确乎看见连车带马向左右摇动者三次，向前后进退者三次。"行啊？"我低声的问御者。"行？"他十足的瞪了我一眼。"行？从济南走到德国去都行！"我不好意思再怀疑他，只好以他的话作我的信仰；心里想："有信仰便什么也不怕！"为平他的气，赶快问："到——大学，多少钱？"他说了一个数儿。我心平气和的说："我并不是要买贵马与尊车。"心里还想："假如弄这么一份财产，将来不幸死了，遗嘱上给谁承受呢？"正在这么想，也不知怎的，我的行李好像被魔鬼附体，全由车中飞出来了。再一看，那怒气冲天的御者一扬鞭，那瘦病之马一掀后蹄，便轧着我的皮箱跑过去。皮箱一点也没坏，只是上边落着一小块车轮上的胶皮；为避免麻烦，我也没敢叫回御者告诉他，万一他叫"我"赔偿呢！同时,心中颇不自在,怨自己"以貌取马",哪知人家居然能掀起后蹄而跑数步之遥呢。

幸而××来了，带来一辆马车。这辆车和车站上的那些差不多。马是白色的，虽然事实上并不见得真白，可是用"白马之白"的抽象观念想起来，到底不是黑的、黄的，更不能说一定准是灰色的。马的身上不见得肥，因此也很老实。缰、鞍、肚带，处处有麻绳帮忙维系，更显出马之稳练驯良。车是黑色的，配起白马，本应黑白分明，相得益彰；可是不知济南的太阳光为何这等特别，叫黑白的相配，更显得暗淡灰丧。

行李，××和我，全上了车。赶车的把鞭儿一扬，吆喝了一声，车没有动。我心里说："马大概是睡着了。马是人们最好的朋友，多少带点哲学性，睡一会儿是常有的事。"赶车的又喊了一声，车微动。只动了一动，就又停住；而那匹马确是走出好几步远。赶车的不喊了，反把马拉回来。他好像老太婆缝补袜子似的，在马的周身上下细腻而安稳的找那些麻绳的接头，慢慢的一个一个的接好，大概有三十多分钟吧，马与车又发生关系。又是一声喊，这回马是毫无可疑的拉着车走了。倒叫我怀疑：马能拉着车走，是否一个奇迹呢？

一路之上，总算顺当。左轮的皮带掉了两次，随掉随安上，少费些时间，无关重要。马打了三个前失，把我的鼻子碰在车窗上一次，好在没受伤。跟××顶了两回牛儿，因为我们俩是对面坐着的，可是顶牛儿更显着亲热；设若没有这个机会，两个三四十的老小伙子，又焉肯脑门顶脑门的玩耍呢。因此，到了大学的时候，我摹仿着西洋少女，在瘦马脸上吻了一下，表示感谢它叫我们得以顶牛的善意。

二

上次谈到济南的马车，现在该谈洋车。

济南的洋车并没有什么特异的地方。坐在洋车上的味道可确是与众不同。要领略这个味道，顶好先检看济南的道路一番；不然，屈骂了车夫，或诬蔑济南洋车构造不良，都不足使人心服。

检看道路的时候，请注意，要先看胡同里的；西门外确有宽而平的马路一条，但不能算作国粹。假如这检查的工作是在夜里,请别忘了拿个灯笼,踏一脚黑泥事小,把脚腕拐折至少也不甚舒服。

胡同中的路,差不多是中间垫石,两旁铺土的。土,在一个中国城市里,自然是黑而细腻,晴日飞扬,阴雨和泥的,没什么奇怪。提起那些石块,只好说一言难尽吧。假如你是个地质学家,你不难想到:这些石是否古代地层变动之时,整批的由地下翻上来,直至今日,始终原封没动;不然,怎能那样不平呢?但是,你若是个考古家,当然张开大嘴哈哈笑,济南真会保存古物哇!看,看哪一块石头没有多少年的历史!社会上一切都变了,只有你们这群老石还在这儿镇压着济南的风水!

浪漫派的文人也一定喜爱这些石路,因为块块石头带着慷慨不平的气味,且满有幽默。假如第一块屈了你的脚尖,哼,刚一迈步,第二块便会咬住你的脚后跟。左脚不幸被石洼囚住,留神吧,右脚会紧跟着滑溜出多远,早有一块中间隆起,棱而腻滑的等着你呢。这样,左右前后,处处是埋伏,有变化;假如那位浪漫派写家走过一程,要是幸而不晕过去,一定会得到不少写传奇的启示。

无论是谁，请不要穿新鞋。鞋坚固呢，脚必磨破。脚结实呢，鞋上必来个窟窿。二者必居其一。那些小脚姑娘太太们，怎能不一步一跌，真使人糊涂而惊异！

在这种路上坐汽车，咱没这经验，不能说是舒服与否。只看见过汽车中的人们，接二连三的往前蹿，颇似练习三级跳远。推小车子也没有经验，只能理想到：设若我去推一回，我敢保险，不是我——多半是我——就是小车子，一定有一个碎了的。

洋车，咱坐过。从一上车说吧。车夫拿起"把"来，也许是往前走，也许是往后退，那全凭石头叫他怎样他便得怎样。济南的车夫是没有自由意志的。石头有时一高兴，也许叫左轮活动，而把右轮抓住不放；这样，满有把坐车的翻到下面去，而叫车坐一会儿人的希望。

坐车的姿势也请留心研究一番。你要是充正气君子，挺着脖子正着身，好啦：为维持脖子的挺立，下车以后，你不变成歪脖儿柳就算万幸。你越往直里挺，它们越左右的筛摇；济南的石路专爱打倒挺脖子，显正气的人们！反之，你要是缩着脖子，懈松着劲儿，请要留神，车子忽高忽低之际，你也许有鬼神暗佑还在车上，也许完全摇出车外，脸与道旁黑土相吻。从经验中看，最好的办法是不挺不缩，带着弹性。像百码决赛预备好，专候枪声时的态度，最为相宜。一点不松懈，一点不忽略，随高就高，随低就低，车左亦左，车右亦右，车起须如据鞍而立，车落应如鲤鱼入水。这样，虽然麻烦一些，可是实在安全，而且练习惯了，以后可以不晕船。

坐车的时间也大有研究的必要，最适宜坐车的时候是犯肠胃闭塞病之际。不用吃泻药，只须在饭前，喝点开水，去坐半小时上下的洋车，其效如神。饭后坐车是最冒险的事，接连坐过三天，设若不生胃病，也得长盲肠炎。要是胃口像林黛玉那么弱的人，以完全不坐车为是，因没有一个时间是相宜的。

末了，人们都说济南洋车的价钱太贵，动不动就是两三毛钱。但是，假如你自己去在这种石路上拉车，给你五块大洋，你干得了干不了？

三

由前两段看来，好像我不大喜欢济南似的。不，不，有大不然者！有幽默的人爱"看"，看了，能不发笑吗？天下可有几件事，几件东西，叫你看完而不发笑的？不信，闭上一只眼，看你自己的鼻子，你不笑才怪；先不用说别的。有的人看什么也不笑，也对呀，喜悲剧的人不替古人落泪不痛快，因为他好"觉"；设身处地的那么一"觉"，世界上的事儿便少有不叫泪腺要动作动的。噢，原来如此！

济南有许多好的事儿，随便说几种吧：葱好，这是公认的吧，不是我造谣生事。听说，犹太人少有得肺病的，因为吃鱼吃的；山东人是不是因为多嚼大葱而不患肺病呢？这倒值得调查一下，好叫吃完葱的士女不必说话怪含羞的用手掩着嘴：假如调查结果真是山西河南广东因肺病而死的比山东多着七八十来个（一年多七八十，一万年要多若干？），而其主因确是因为口中的葱味使肺病菌倒退四十里。

在小曲儿里，时常用葱尖比美妇人的手指，这自然是春葱，决不会是山东的老葱，设若美妇人的十指都和老葱一般儿粗（您晓得山东老葱的直径是多少寸），一旦妇女革命，打倒男人，一个嘴巴子还不把男人的半个脸打飞！这决不是济南的老葱不美，不是。葱花自然没有什么美丽，葱叶也比不上蒲叶那样挺秀，竹叶那样清劲，连蒜叶也比不上，因为蒜叶至少可以假充水仙。不要花，不看叶，单看葱白儿，你便觉得葱的伟丽了。看运动家，别看他或她的脸，要先看那两条完美的腿，看葱亦然。（运动家注意。这里一点污辱的意思没有；我自己的腿比蒜苗还细，焉敢攀高比诸葱哉！）济南的葱白起码有三尺来长吧：粗呢，总比我的手腕粗着一两圈儿——有愿看我的手腕者，请纳参观费大洋二角。这还不算什么，最美是那个晶亮，含着水，细润，纯洁的白颜色。这个纯洁的白色好像只有看见过古代希腊女神的乳房者才能明白其中的奥妙，鲜，白，带着滋养生命的乳浆！这个白色叫你舍不得吃它，而拿在手中颠着，赞叹着，好像对于宇宙的伟大有所领悟。由不得把它一层层的剥开，每一层落下来，都好似油酥饼的折叠；这个油酥饼可不是"人"手烙成的。一层层上的长直纹儿，一丝不乱的，比画图用的白绢还美丽。看见这些纹儿，再看看馍馍，你非多吃半斤馍馍不可。人们常说——带着讽刺的意味——山东人吃的多，是不知葱之美者也！

反对吃葱的人们总是说：葱虽好，可是味道有不得人心之处。其实这是一面之词，假若大家都吃葱，而且时常开个"吃葱竞赛会"，第一名赠以重二十斤金杯一个，你看还敢有人反对否！

记得，在新加坡的时候，街上有卖栳莲者，味臭无比，可是土人和华人久住南洋者都嗜之若命。并且听说，英国维克陶利亚女皇吃过一切果品，只是没有尝过栳莲，引为憾事。济南的葱，老实的讲，实在没有奇怪味道，而且确是甜津津的。假如你不信呢，吃一棵尝尝。

大发议论

过年是一种艺术。咱们的先人就懂得贴春联,点红灯,换灶王像,馒头上印红梅花点,都是为使一切艺术化。爆竹虽然是噪音,但"灯儿带炮"便给声音加上彩色,有如感觉派诗人所用的字眼儿。盖自有史以来,中国人本是最艺术的,其过年比任何民族都更复杂,热闹,美好,自是民族之光,亦理所当然。

以烹调而言,上自龙肝凤肺,下至姜蒜大葱,无所不吃,且都有奇妙的味道。拿板凳腿作冰激凌,只要是中国人做的,给欧西的化学家吃,他也得莫名其妙,而连声夸好;即使稍有缺点,亦不过使肚子微痛一阵而已。吃了老鼠而再吃猫,既不辨其为鼠为猫,且不在肚中表演猫捕鼠的游戏,是之谓巧夺天工。烹调的方法既巧夺天工。新年便没法儿不火炽,没法儿不是艺术的。一碗清汤，两片牛肉，而后来个硬凉苹果，如西洋红毛鬼子的办法，只足引起伤心，哪里还有心肠去快活。反之，酒有茵陈玫瑰和佛手露，佐以蜜饯果儿——红的是山楂糕，绿的是青梅，黄的是橘饼，紫的是金丝蜜枣，有如长虹吹落，碎在桌上，斑斑块块如灿艳群星，而到了口中都甜津津的，不亦乐乎！加以八碟八碗，或更倍之，各发异香，连冒出的气儿都婉转缓腻，不像馒头揭锅，热气立散；于是吃一看二，咽一块不能不点点头，喝一口不能不咂咂嘴；或汤与块齐尝，则顺流而下，不知所之，岂不快哉！脑与口与肚一体舒畅，宜乎行令猜拳，吃个七八小时也。这是艺术。做得艺术，吃得艺术，于是一肚子艺术，而后题诗壁上，剪烛梅前，入了象牙之塔，出了象牙之狗，美哉新年也！

　　这不过略提了提"吃"，已足使弱小民族垂涎三尺，而万国来朝。至若吃饱喝足，面色微紫，或看牌，或掷骰，或顶牛，勾心斗角，各运心思，赢了微笑，输急才骂"妈的"；至若穿新衣，逛花灯，看亲戚，接姑奶奶与小外甥……只好从略，只好从略，以免六国联军又打天津。因羡生妒，至蛮不讲理，往往有之。

到了现在，过年的艺术不但在质上，就是在量上，也正在迈进。以次数说，新年起码有两个，增多了一倍。活个七老八十，而能过一百好几十次新年，正是：

五风十雨皆为瑞，
一岁双年总是春。

人生七十古来稀，到而今，活五十岁而过一百次年，活不到七十也没多大关系了。这顺手儿就解决了人口过剩问题，因为活到四五十岁，已经过了一百来回年，在价值上总算过得去了；那么，五十多而仍不死，就满可以立下遗嘱，而后把自己活埋了。不过，这是附带的话；如不愿活埋呢，也无须一定这么办，活着也好。书归正传：

两个新年，先过国历新年，然后再过"家历"新年。二者之间隔着那么几十天，恰好藕断丝连，顾此而不失彼，是诗意的跌宕，是艺术的沉醉，是电影的广告！前前后后三个来月，甚至于可以把冬至的馄饨接上端阳的粽子，而后紧跟着去到青岛避暑。天哪，感谢你使我们生活在中国！

可是，人心不同，也有不这样看的。记得去年在我们镇上，铺户都在"家历"新年关上了门。小徒弟们在铺内敲锣打鼓，掌柜们把脸喝得怪红。邻家二大妈一向失于修饰，也戴上了朵小红绢石榴花。私塾中的学童们把《三字经》等放在神龛后面，暂由财神奶奶妥为照管。洋学堂的秀才们也回来凑热闹，过了灯节还舍不得走。这本是为艺术而艺术，并没有什么说不过去的地方。哪知道，镇上有位爱国志士发了议论：爱国的人应当遵守国历；再说，国历是最科学的。

我也说了话。我既也是镇上的圣人之一，自然不能增他人的锐气而减自己的威风。你看，大家听了志士的议论，虽然过年如故，可是心中有点不自在。我们镇上的人向来不提倡仇货；也不赞成妇女放脚，因为缠足是更含有国货的意味。他们不甘于作不爱国的人，但是，他们没话反攻，而爱国志士就鼻孔朝天的得意起来。我不能不开口了！我说：过年是种艺术，谈不到科学；谁能在除夕吃地质学，喝王水，外加安米尼亚？再说，国历是科学的，连洋鬼子都知道，难道堂堂的天朝选民就不晓得？二月是二十八天，正合二十八宿，中西正是一理，不过，科学是日新月异的，将来一高兴，也许二月剩八天，巧合八卦图，而十二月来上五六十来天！再说，家历月月十五有圆月，而国历月月十五有圆太阳，阳胜于阴，理当乾纲大振，大家不怕老婆。可惜，圆月之外还有新月半月等等，而太阳没有出过太阳牙。

连邻家二大妈也听出我这一套是暗含讥讽，马上给我送过来一大盘年糕；虽然我看出糕的一角似被老鼠啃去，也还很感激她。她的话比年糕的价值还大。她说：八月十五云遮月，正月十五雪打灯。假如十五没月亮，这两句古语从何应验？还有，腊月三十要是出了圆月，咱们是过年好呢，还是拜月好呢？二大妈的话实在有理。于是设法传到爱国志士耳中，省得叫他目空一切。二大妈至少比他多吃过二三十年的年糕，这不是瞎说的。

他似乎也看出八月十五云遮月的重要，可是仍然不服气。他带着讽刺的味儿说：为什么不可以把吃喝玩乐都放在国历新年；莫非是天气不够冷的？

我先回答了他这末一句。对于此点我更有话说。过去的经验不定在什么时候就会大有用处；你看，我恰巧在南洋过过一次年。在那里，元旦依然是风扇与冰激凌的天气。大家赤着脚，穿着单衫，可是拼命的放爆竹，吃年糕，贴对子，买牡丹，祭财神。天气和六月里一样，而过年还是过年。这不是冷不冷的问题。冷也得过年，热也得过年，过年是种艺术，与寒暑表的升降无关。

至于为什么不把吃喝玩乐都放在国历新年，他是只知其一，不知其二。为表示爱国，为表示科学化，我们都应当遵守国历；国历国科国学国民等等本来自成一系统。严格的说，一个国民而不欢欢喜喜的过下儿国历新年，理当斩首，号令国门。可是有一层，人当爱国，也当爱家。齐家而后能治国；试看古今多少英雄豪杰，哪个不是先把钱搂到家中，使家族风光起来，而后再谈国事？因此，国历与家历应当两存着；到爱国的时候就爱国，到爱家的时候便爱家，这才称得起是圣之时者。你真要在家历新年之际，三过其门而不入，留神尊夫人罚你跪下顶灯三小时；大冷的天，不是玩的！这不是要哪个与不要哪个的问题，也不是哪个好与哪个坏的问题，而是应当下一番功夫去研究怎样过新新年，与怎样过旧新年。二者的历史不同，性质不同，时间不同，种种不同，所以过法也得不同。把旧艺术都搬到新节令上来，不但是显着驴唇不对马嘴，而且是自己剥夺了生命的享受。反之，顺着天时地利与人和，各有各的办法，各有各的味道，才能算作生活的艺术。

以国历新年说吧。过这个年得带洋味，因为它是洋钦天监给规定的。在这个新年，见面不应说"多多发财"，而须说"害怕扭一耳"。非这么办不可，你必须带出洋味，以便别于家历新年。该新则新，该旧则旧，这一向是我们的长处。你自己穿洋服去跳舞，而叫小脚夫人在家中啃窝窝头，理当如此。过年也是这样。那么，过国历新年，应在大街上高搭彩牌，以示普天同庆。大家到大饭店去喝香槟。然后，去跳舞一番，或凑几个同志打打微高尔夫。约女朋友看看电影，或去听听西洋音乐，吃些块奶油巧克力，也不失体统。若能凑几个人演一出三幕戏，偏请女客为自己来鼓掌，那更有意思。不必去给父亲拜年，你父亲自然会看到你在报纸上登的贺年小广告。可是见着父亲的时候别忘了说"害怕扭一耳"。你应当作一身新洋服。总之，你要在这个时节充分的表现出来，你是爱国，你懂得新事，你会跳舞，你会溜冰。这个年要过得似乎是洋鬼子，又不十分像；不像吧，又像。这也是一种艺术。

若以酒类作喻，这是啤酒。虽然是酒，可又像汽水。拿准这个尺寸，这个新年正大有滋味，你要是不过它一下，你便永远摸不清个人与世界的关系。说到这儿，你顶好给美国总统写个贺年片，贴足邮票寄去。他要是不回拜的话，那是他的错儿，你居心无愧。

这么过了一个年，然后再等过那一个，艺术上的对照法。一个是浪漫的，摩登的，香槟与裸体美人的；一个是写实的，遗传的，家长里短的。你身过二年，胃收百味，是沟通东西文化的活水，是香槟与陈绍的产儿，是一切的一切！

应当再说怎过旧新年。不过，你早就知道。只须告诉你一句：无论是在哪个新年，总不应该还债。还有一句——只是一句了——在旧新年元旦出门，必先看好喜神是在哪一方；国历新年则不受此限制，你拿着顶出来也好。

爱国志士听了这一番高论，茅塞一顿一顿的都开了，托二大妈来约我去打几圈小麻雀，遂单刀赴会焉。

旅行

老舍把早饭吃完了，还不知道到底吃的是什么；要不是老辛往他（老舍）脑袋上浇了半罐子凉水，也许他在饭厅里就又睡起觉来！老辛是外交家，衣裳穿得讲究，脸上刮得油汪汪的发亮，嘴里说着一半英国话，一半中国话，和音乐有同样的抑扬顿挫。外交家总是喜欢占点便宜的，老辛也是如此：吃面包的时候擦双份儿黄油，而且是不等别人动手，先擦好五块面包放在自己的碟子里。老方——是个候补科学家——的举动和老舍老辛又不同了：眼睛盯着老辛擦剩下的那一小块黄油，嘴里慢慢的嚼着一点面包皮，想着黄油的成分和制造法，设若黄油里的水分是一·〇七？设若搁上〇·六七的盐？……他还没想完，老辛很轻巧的用刀尖把那块黄油又插走了。

吃完早饭，老舍主张先去睡个觉，然后再说别的。

老辛老方全不赞成，逼着他去收拾东西，好赶九点四十五的火车。老舍没法儿，只好揉眼睛，把零七八碎的都放在小箱子里，而且把昨天买的三个苹果——本来是一个人一个——全偷偷的放在自己的袋子里，预备到没人的地方自家享受。

东西收拾好，会了旅馆的账，三个人跑到车站，买了票，上了车；真巧，刚上了车，车就开了。车一开，老舍手按着袋子里的苹果，又闭上眼了，老辛老方点着了烟卷儿，开始辩论：老辛本着外交家的眼光，说昨天不该住在巴兹，应该一气儿由伦敦到不离死兔，然后由不离死兔回到巴兹来；这么办，至少也省几个先令，而且叫人家看着有旅行的经验。老方呢，哼儿哈儿的支应着老辛，不错眼珠儿的看着手表，计算火车的速度。

火车到了不离死兔，两个人把老舍推醒，就手儿把老舍袋子里的苹果全掏出去。老辛拿去两个大的，把那个小的赏给老方；老方顿时站在站台上想起牛顿看苹果的故事来了。

出了车站，老辛打算先找好旅店，把东西放下，然后再去逛。老方主张先到大学里去看一位化学教授，然后再找旅馆。两个人全有充分的理由，谁也不肯让谁，老辛越说先去找旅馆好，老方越说非先去见化学教授不可。越说越说不到一块儿，越说越不贴题，结果，老辛把老方叫作"科学牛"，老方骂老辛是"外交狗"，骂完还是没办法，两个人一齐向老舍说：

"你说！该怎么办！？说！"

老舍打了个哈欠，揉了揉眼睛，擦了擦鼻子，有气无力的说：

"附近就有旅馆，拍拍脑袋算一个，找着哪个就算哪个。找着了旅馆，放下东西，老方就赶紧去看大学教授。看完大学教授赶快回来，咱们就一块儿去逛。老方没回来以前，老辛可以到街上转个圈子，我呢，来个小盹儿，你们看怎么样？"

老辛老方全笑了，老辛取消了老方的"科学牛"，老方也撤回了"外交狗"；并且一齐夸奖老舍真聪明，差不多有成"睡仙"的希望。

一拐过火车站，老方的眼睛快（因为戴着眼镜），看见一户人家的门上挂着："有屋子出租"，他没等和别人商量，一直走上前去。他还没走到那家的门口，一位没头发没牙的老太婆从窗子缝里把鼻子伸出多远，向他说："对不起！"

老方火儿啦！还没过去问她，怎么就拒绝呀！黄脸人就这么不值钱吗！老方向来不大爱生气的，也轻易不谈国事的；被老太婆这么一气，他可恼啦！差不多非过去打她两个嘴巴才解气！老辛笑着过来了：

"老方打算省钱不行呀！人家老太婆不肯要你这黄脸鬼！还是听我的去找旅馆！"

老方没言语，看了老辛一眼；跟着老辛去找旅馆。老舍在后面随着，一步一个哈欠，恨不能躺在街上就睡！

找着了旅馆，价钱贵一点，可是收中国人就算不错。老辛放下小箱就出去了，老方雇了一辆汽车去上大学，老舍躺在屋里就睡。

老辛老方都回来了，把老舍推醒了，商议到哪里去玩。老辛打算先到海岸去，老方想先到查得去看古洞里的玉笋钟乳和别的与科学有关的东西。老舍没主意，还是一劲儿说困。

"你看，"老辛说，"先到海岸去洗个澡，然后回来逛不离死兔附近的地方，逛完吃饭，吃完一睡——"

"对！"老舍听见这个"睡"字高兴多了。

"明天再到查得去不好么？"老辛接着说,眼睛一闭一闭的看着老方。

"海岸上有什么可看的！"老方发了言,"一片沙子,一片水,一群姑娘露着腿逗弄人,还有什么？"

"古洞有什么可看,"老辛提出抗议,"一片石头,一群人在黑洞里鬼头鬼脑的乱撞！"

"洞里的石笋最小的还要四千年才能结成,你懂得什么——"

老辛没等老方说完,就插嘴:

"海岸上的姑娘最老的也不过二十五岁,你懂得什么——"

"古洞里可以看地层的——"

"海岸上可以吸新鲜空气——"

"古洞里可以——"

"海岸上可以——"

两个人越说越乱,谁也不听谁的,谁也听不见谁的。嚷了一阵,两个全向着老舍来了:

"你说,听你的！别再耽误工夫！"

老舍一看老辛的眼睛，心里说：要是不赞成上海岸，他非把我活埋了不可！又一看老方的神气：哼，不跟着他上古洞，今儿个晚上非叫他给解剖了不可！他揉了揉眼睛说：

"你们所争执的不过是时间先后的问题——"

"外交家所要争的就是'先后'！"老辛说。

"时间与空间——"

老舍没等老方把时间与空间的定义说出来，赶紧说：

"这么着，先到外面去看一看，有到海岸去的车呢，便先上海岸；有到查得的车呢，便先到古洞去。我没一定的主张，而且去不去不要紧；你们要是分头去也好，我一个人在这里睡一觉，比什么都平安！"

"你出来就为睡觉吗？"老辛问。

"睡多了于身体有害！"老方说。

"到底怎么办？"老舍问。

"出去看有车没有吧！"老辛拿定了主意。

"是火车还是汽车？"老方问。

"不拘。"老舍回答。

三个人先到了火车站，到海岸的车刚开走了，还有两次车，可都是下午四点以后的。于是又跑到汽车站，到查得的汽车票全卖完了，有一家还有几张票，一看是三个中国人成心不卖给他们。

"怎么办？"老方问。

老辛没言语。

"回去睡觉哇！"老舍笑了。

夏之一周间

我与学界的人们一同分润寒假暑假的"寒"与"暑","假"字与我老不发生关系似的。寒与暑并不因此而特别的留点情;可是,一想及拉车的,当巡警的,卖苦力气的,我还抱怨什么?而且假期到底是假期,晚起个三两分钟到底不会耽误了上堂;暂时不作铜铃的奴隶也总得算偌大的自由!况且没有粉笔面子的"双"薰——对不起,一对鼻孔总是一齐吸气,还没练成"单吸"的功夫,虽然作了不少年的教员。

整理已讲过的讲义,预备下学期的新教材,这把"念读写作,四者缺一不可"的功夫已作足。此外,还要写小说呢。教员兼写家,或写家兼教员,无论怎样排列吧,这是最时行的事。单干哪一行也不够养家的,况且我还养着一只小猫!幸而教员兼车夫,或写家兼屠户,还没大行开，这在像中国这么文明的国家里，还不该念佛？

闹钟的铃自一放学就停止了工作，可是没在六点后起来过，小说的人物总是在天亮左右便在脑中开了战事；设若不乘着打得正欢的时候把他们捉住，这一天，也许是两三天，不用打算顺当的调动他们，不管你吸多少支香烟，他们总是在面前耍鬼脸，及至你一伸手，他们全跑得连个影儿也看不见。早起的鸟捉住虫儿，写小说的也如此。

这决不是说早起可以少出一点汗。在济南的初伏以前而打算不出汗，除非离开济南。早晨，晌午，晚间，夜里，毛孔永远川流不息：只要你一眨巴眼，或叫声"球"——那只小猫——得，遍体生津。早起决不为少出汗，而是为拿起笔来把汗吓回去。出汗的工作是人人怕的，连汗的本身也怕。一边写，一边流汗；越流汗越写得起劲；汗知道你是与它拼个你死我活，它便不流了。这个道理或者可以从《易经》里找出来，但是我还没有工夫去检查。

自六点至九点，也许写成五百字，也许写成三千字，假如没有客人来的话。五百字也好，三千字也好，早晨的工作算是结束了。值得一说的是：写五百字比写三千的时候要多吸至少七八支香烟，吸烟能助文思不永远灵验，是不是还应当多给文曲星烧股高香？

九点以后，写信——写信！老得写信！希望邮差再大罢工一年！——浇浇院中的草花，和小猫在地上滚一回，然后读欧·亨利。这一闹哄就快十二点了。吃午饭；也许只是闻一闻；夏天闻闻菜饭便可以饱了的。饭后，睡大觉，这一觉非遇见非常的事件是不能醒的。打大雷，邻居小夫妇吵架，把水缸从墙头掷过来，……只是不希望地震，虽然它准是最有效的。醒了，该弄讲义了，多少不拘，天天总弄出一点来。六点，又吃饭。饭后，到齐大的花园去走半点钟，这是一天中挺直脊骨的特许期间，廿四点钟内挺两刻钟的脊骨好像有什么卫生神术在其中似的，不过，挺着胸膛走到底是壮观的；究竟挺直了没有自然是另一问题，未便深究。

挺背运动完毕，回家。屋子里比烤面包的炉子的热度高着多少？无从知道，因为没有寒暑表。屋内的蚊子还没都被烤死呢，我放心了。洗个澡，在院中坐一会儿，听着街上卖汽水，冰激凌的吆喝。心静自然凉，我永远不喝汽水，不吃冰激凌；香片茶是我一年到头的唯一饮料，多咱香片茶是由外洋贩来我便不喝了。九点钟前后就去睡，不管多热，我永远的躺下（有时还没有十分躺好）便能入梦。身体弱多睡觉，是我的格言。一气睡到天明，又该起来拿笔吓走汗了。

过去的一周就是这么过去的；没读过一张报纸，不作亡国的事的，与作亡国的事的，或者都不大爱读新闻纸；我是哪一等人呢？良心上分吧。

观画记

看我们看不懂的事物，是很有趣的；看完而大发议论，更有趣。幽默就在这里。怎么说呢？去看我们不懂得的东西，心里自知是外行，可偏要装出很懂行的样子。譬如文盲看街上的告示，也歪头，也动嘴唇，也背着手；及至有人问他，告示上说的什么，他答以正在数字数。这足以使他自己和别人都感到笑的神秘，而皆大开心。看完再对人讲论一番便更有意思了。譬如文盲看罢告示，回家对老婆大谈政治，甚至因意见不同，而与老婆干起架来，则更热闹而紧张。

新年前，我去看王绍洛先生个人展览的西画。济南这个地方，艺术的空气不像北平那么浓厚。可是近来实在有起色，书画展览会一个接着一个的开起来。王先生这次个展是在十二月二十三日到二十五日。只要有图画看，我总得去看看。因为我对于图画是半点不懂，所以我必须去看，表示我的腿并不外行，能走到会场里去。一到会场，我很会表演。先在签到簿上写上姓名，写得个儿不小，以便引起注意而或者能骗碗茶喝。要作品目录，先数作品的号码，再看标价若干，而且算清价格的总积：假如作品都售出去，能发多大的财。我管这个叫作"艺术的经济"。然后我去看画。设若是中国画，我便靠近些看，细看笔道如何，题款如何，图章如何，裱的绫子厚薄如何。每看一项，或点点头，或摇摇首，好像要给画儿催眠似的。设若是西洋画，我便站得远些看，头部的运动很灵活，有时为看一处的光线，能把耳朵放在肩膀上，如小鸡蹭痒痒然。这看了一遍，已觉有点累得慌，就找个椅子坐下，眼睛还盯着一张画死看，不管画的好坏，而是因为它恰巧对着那把椅子。这样死盯，不久就招来许多人，都要看出这张图中的一点奥秘。如看不出，便转回头来看我，似欲领教者。我微笑不语，暂且不便泄露天机。如遇上熟人过来问，我才低声的说："印象派，可还不到后期，至多也不过中期。"或是："仿宋，还好；就是笔道笨些！"我低声的说，因为怕叫画家自己听见；他听不见呢，我得虎就虎，心中怪舒服的。

其实，什么叫印象派，我和印度的大象一样不懂。我自己的绘画本事限于画"你是王八"的王八，与平面的小人。说什么我也画不上来个偏脸的人，或有四条腿的椅子。可是我不因此而小看自己；鉴别图画的好坏，不能专靠"像不像"；图画是艺术的一支，不是照相。呼之为牛则牛，呼之为马则马；不管画的是什么，你总得"呼"它一下。这恐怕不单是我这样，有许多画家也是如此。我曾看见一位画家在纸上涂了几个黑蛋，而标题曰"群雏"。他大概是我的同路人。他既然能这么干，怎么我就不可以自视为天才呢？那么，去看图画；看完还要说说，是当然的。说得对与不对，我既不负责任，你干吗多管闲事？这不是很逻辑的说法吗？

我不认识王绍洛先生。可是很希望认识他。他画得真好。我说好，就是好，不管别人怎么说。我爱什么，什么就好，没有客观的标准。"客观"，顶不通。你不自己去看，而派一位代表去，叫作客观；你不自己去上电影院，而托你哥哥去看贾波林，叫作客观；都是傻事，我不这么干。我自己去看，而后说自己的话；等打架的时候，才找我哥哥来揍你。

王先生展览的作品：油画七十，素描二十四，木刻七。在量上说，真算不少。对于木刻，我不说什么。不管它们怎样好，反正我不喜爱它们。大概我是有点野蛮劲，爱花红柳绿，不爱黑地白空的东西。我爱西洋中古书籍上那种绘图，因为颜色鲜艳。一看黑漆的一片，我就觉得不好受。木刻，对于我，好像黑煤球上放着几个白元宵，不爱！有人给我讲过相对论，我没好意思不听，可是始终不往心里去；不论它怎样相对，反正我觉得它不对。对木刻也是如此，你就是说得天花乱坠，还是黑煤球上放白元宵。对于素描，也不爱看，不过瘾；七道子八道子的！

我爱那些画。特别是那些风景画。对于风景画，我爱水彩的和油的，不爱中国的山水。中国的山水，一看便看出是画家在那儿作八股，弄了些个起承转合，结果还是那一套。水彩与油画的风景真使我接近了自然，不但是景在那里，光也在那里，色也在那里，它们使我永远喜悦，不像中国山水画那样使我离开自然，而细看笔道与图章。这回对了我的劲，王先生的是油画。他的颜色用得真漂亮,最使我快活的是绿瓦上的那一层嫩绿——有光的那一块儿。他有不少张风景画,我因为看出了神,不大记得哪张是哪张了。我也不记得哪张太刺眼,这就是说都不坏,除了那张《汇泉浴场》似乎有点俗气。那张《断墙残壁》很好,不过着色太火气了些;我提出这个,为是证明他喜欢用鲜明的色彩。他是宜于画春夏景物的,据我看。他能画得干净而活泼;我就怕看抹布颜色的画儿。

关于人物,《难民》与《忏悔》是最惹人注意的。我不大爱那三口儿难民,觉得还少点憔悴的样子。我倒爱难民背后的设景:树,远远的是城,城上有云;城和难民是安定与漂流的对照,云树引起渺茫与穷无所归之感。《官邸与民房》也是用这个结构——至少是在立意上。最爱《忏悔》。裸体的男人,用手捧着头,头低着。全身没有一点用力的地方,而又没一点不在紧缩着,是忏悔。此外还有好几幅裸体人形,都不如这张可喜。永不喜看光身的大胖女人,不管在技术上有什么讲究,我是不爱看"河漂子"的。

花了两点钟的工夫,还能不说几句么?于是大发议论，大概是很臭。不管臭不臭吧，的确是很佩服王先生。这决不是捧场；他并没见着我，也没送给我一张画。我说他好歹，与他无关，或只足以露出我的臭味。说我臭，我也不怕，议论总是要发的。伟人们不是都喜欢大发议论么？

更大一些的想象

要领略济南的美,根本须有些诗人的态度。那就是说:你须客气一点,把不美之点放在一旁,而把湖山的秀丽轻妙地放在想象里浸润着;这也许是看风景而不至于失望的普通原则。反之,你没有这诗意的体谅,而一个萝卜一个坑的去逛大明湖,趵突泉等,先不用说别的,单是人们口中的葱味,路上吱吱扭扭小车子的轮声,与裹着大红袜带的小脚娘们,要不使你想悬梁自尽,那真算万幸。单听济南人说话,谁也梦想不到它有那么美,那么甜,那么清凉的泉水;而济南泉水的甜美清凉确是事实,你不能因济南话难听而否认这上帝的恩赐。好吧,你随我来吧,假如你要对济南下公平的判断,一个公平的判断,永不会使济南损失一点点的光荣。

比如你先跟我上大明湖的北极阁吧,一路之上(不论是由何处动身），请你什么也不看不听，假如你不愿闭上眼与堵上耳，你至少应当决定：不使路上的丑恶影响到最终的判断。你还要必诚必敬的默想着，你是去看个地上的仙境。

到了，看！先别看你脚下的湖；请看南边的山。看那腰中深绿，而头上淡黄的千佛山；看后面那个塔，只是那么一根黑棍儿似的，可是似乎把那一群小山和那片蓝而含着金光的天空连成一体，它好像表现着群山的向上的精神。再往西看，一串小山都像带着不同的绿色往西走呢。远处，只见天边上一些蓝的曲线，随着你的眼力与日光的强弱，忽隐忽现，使你轻叹一声：山，伟大图画中的诗料。到北极阁后面来看，还有山呢，那老得连棵树也懒得长的历山，那孤立不倚的华山，都是不太高不太矮，正合适作个都城的小绿围屏；济南在这一点上像意大利的芙劳那思。你看到这几乎形成一个圆圈的小山，你开始，无疑的，爱济南了。这群小山不像南京的山那样可怕，不像北平的西山北山那样荒伟的在远处默立，这些小山"就"在济南围墙的外边，它们对济南有种亲切的感情，可以使你想到它们也许愿到城里来看看朋友们。不然，它们为什么总像向城里探着头看呢。

　　看完了山，请你默想一会儿：山是不错，但是只有山，不能使济南风景像江南吧；水可是不易有的，在中国的北方这么想罢，请看大明湖吧。自然现在的湖已成了许多水沟，使你大失所望。我知道，所以我不请你坐小船去游湖，那些名胜，什么历下亭咧，铁公祠咧，都没有什么可看；那些小船既不美，又不贱，而且最恼人的是不划不摇不用篙支不用纤拉，而以一根大棍硬"挺"的驶船方法。这些咱们全不去试验，我只请你设想：设若湖上没有那些蒲田泥坝，这湖的面积该有多大？设若湖上全种着莲花四围界以杨柳，是不是一种诗境？这不是不可能的；本来这湖是个"湖"，而是被人工作成了许多"水沟"；上帝给济南一些小山，也给它一个大湖，人工胜天，生把一个湖改成沟，这是因穷而忘了美的结果，不是自然的过错。

　　城在山下湖在城中。这是不是一个美女似的城市？你再看，或者说再想，那城墙假如都拆去，而在城河的岸边，杨柳荫中修上平坦的马路，这是不是个仙境？看那护城河的水，绿，静，明，洁，似乎是向你说：你看看我多么甜美！那水藻，一年四季老是那么绿，没有法形容，因为它们似乎是暗示出上帝心中的"绿"便是这样的绿。河岸上，柳荫下假如有些美于济南妇女的浣纱女儿，穿着白衫或红袄，像些团大花似的，看着自己的倒影，一边洗一边唱？

这是看风景呢，还是作梦呢？一点也不是幻想；假如这座城在一个比中国人争气的民族手里，这个梦大概久已是事实了。我决不愿济南被别人管领；我希望中国人应当有比编几副对联或作几首诗（连大明湖上的游船都有很漂亮的对联，可惜没有湖！）更大一些的想象。我请你想象，因为只有想象才足以揭露出济南的本来面目。济南本来是极美的，可被人们给糟蹋了。

药集

今年的药集是从四月廿五日起，一共开半个月——有人说今年只开三天，中国事向来是没准儿的。地点在南券门街与三和街。这两条街是在南关里，北口在正觉寺街，南头顶着南围子墙。

喝！药真多！越因为我不认识它们越显着多！

每逢我到大药房去，我总以为各种瓶子中的黄水全是硫酸，白的全是蒸馏水，因为我的化学知识只限于此。但是药房的小瓶小罐上都有标签，并不难于检认；假若我害头疼，而药房的人给我硫酸喝，我决不会答应他的。到了药集，可是真没有法儿了！一捆一捆，一袋一袋，一包一包，全是药材，全没有标签！而且买主只问价钱，不问名称，似乎他们都心有成"药"；我在一旁参观，只觉得腿酸，一点知识也得不到！

但是，我自有办法。橘皮，干向日葵，竹叶，荷梗，益母草，我都认得；那些不认识的粗草细草长草短草呢？好吧，长的都算柴胡，短的都算——什么也行吧，看那柴胡，有多少种呀；心中痛快多了！

关于动物的，我也认识几样：马蜂窝，整个的干龟，蝉蜕，僵蚕，还有椿蹦儿。这末一样的药名和拉丁名，我全不知道，只晓得这是椿树上的飞虫，鲜红的翅儿，翅上有花点，很好玩，北平人管它们叫椿蹦儿；它们能治什么病呢？还看见了羚羊，原来是一串黑亮的小球；为什么羚羊应当是小黑球呢？也许有人知道。还有两对狗爪似的东西，莫非是熊掌？犀角没有看见，狗宝，牛黄也不知是什么样子，设若牛黄应像老倭瓜，我确是看见了好几个貌似干倭瓜的东西。最失望的是没有看见人中黄，莫非药铺的人自己能供给，所以集上无须发售吧？也许是用锦匣装着，没能看到？

矿物不多，石膏，大白，是我认识的；有些大块的红石头便不晓得是什么了。

草药在地上放着，熟药多在桌上摆着。万应锭，狗皮膏之类，看看倒还漂亮。

此外还有非药性的东西，如草纸与东昌纸等；还有可作药用也可作食品的东西，如山楂片，核桃，酸枣，莲子，薏仁米等。大概那些不识药性的游人，都是为买这些东西来的。价钱确是便宜。

我很爱这个集：第一，我觉得这里全是国货；只有人参使我怀疑有洋参的可能，那些种柴胡和那些马蜂窝看着十二分道地，决不会是舶来品。第二，卖药的人们非常安静，一点不吵不闹；也非常的和蔼，虽然要价有点虚谎，可是还价多少总不出恶声。第三，我觉得到底中国药（应简称为"国药"）比西洋药好，因为"国药"吃下去不管治病与否，至少能帮助人们增长抵抗力。这怎么讲呢？看，橘皮上有多么厚的黑泥，柴胡们带着多少沙土与马粪；这些附带的黑泥与马粪，吃下去一定会起一种作用，使胃中多一些以毒攻毒的东西。假如橘皮没有什么力量，这附带的东西还能补充一些。西洋药没有这些附带品，自然也不会发生附带的效力。那位医生敢说对下药有十二分的把握么？假如药不对症，而药品又没有附带物，岂不是大大的危险！"国药"全有附带物，谁敢说大多数的病不是被附带物治好的呢？第四，到底是中国，处处事事带着古风：咱们的祖先遍尝百草，到如今咱们依旧是这样，大概再过一万八千年咱们还是这样。我虽然不主张复古，可是热烈的想保存古风的自大有人在，我不能不替他们欣喜。第五，从今年夏天起，我一定见着马蜂窝，大蝎子，烂树叶，就收藏起来；人有旦夕祸福，谁知道什么时候生病呢！万一真病了，有的是现成的马蜂窝等，挑选一个吃下去，治病是其一，没人说你是共产党是其二。

逛完了集，出了巷口，看见一大车牛马皮，带着毛还没制成革，不知是否也是药材。

小病

大病往往离死太近，一想便寒心，总以不患为是。即使承认病死比杀头活埋剥皮等死法光荣些，到底好死不如歹活着。半死不活的味道使盖世的英雄泪下如雨呀。拿死吓唬任何生物是不人道的。大病专会这么吓唬人，理当回避，假若不能扫除净尽。

可是小病便当另作一说了。山上的和尚思凡，比城里的学生要厉害许多。同样，楚霸王不害病则没得可说，一病便了不得。生活是种律动，须有光有影，有左有右，有晴有雨；滋味就含在这变而不猛的曲折里。微微暗些，然后再明起来，则暗得有趣，而明乃更明；且不至明过了度，忽然烧断，如百烛电灯泡然。这个，照直了说，便是小病的作用。常患些小病是必要的。

所谓小病，是在两种小药的能力圈内，阿司匹灵与清瘟解毒丸是也。这两种药所不治的病，顶好快去请大夫，或者立下遗嘱，备下棺材，也无所不可，咱们现在讲的是自己能当大夫的"小"病。这种小病，平均每个半月犯一次就挺合适。一年四季，平均犯八次小病，大概不会再患什么重病了。自然也有爱患完小病再患大病的人，那是个人的自由，不在话下。

咱们说的这类小病很有趣。健康是幸福；生活要趣味。所以应当讲说一番：

小病可以增高个人的身份。不管一家大小是靠你吃饭，还是你白吃他们，日久天长，大家总对你冷淡。假若你是挣钱的，你越尽责，人们越挑眼，好像你是条黄狗，见谁都得连忙摆尾；一尾没摆到，即使不便明言，也暗中唾你几口。不大离的你必得病一回，必得！早晨起来，哎呀，头疼！买清瘟解毒丸去，还有阿司匹灵吗？不在乎要什么，要的是这个声势，狗的地位提高了不知多少。连懂点事的孩子也要闭眼想想了——这棵树可是倒不得呀！你在这时节可以发散发散狗的苦闷了，卫生的要术。你若是个白吃饭的，这个方法也一样灵验。特别是妈妈与老嫂子，一见你真需要阿司匹灵，她们会知道你没得到你所应得的尊敬，必能设法安慰你：去听听戏，或带着孩子们看电影去吧？她们诚意的向你商量，本来你的病是吃小药饼或看电影都可以治好的，可是你的身份高多了呢。在朋友中，社会中，光景也与此略同。

此外，小病两日而能自己治好，是种精神的胜利。人就是别投降给大夫。无论国医西医，一律招惹不得。头疼而去找西医，他因不能断症——你的病本来不算什么——一定嘱告你住院，而后详加检验，发现了你的小脚指头不是好东西，非割去不可。十天之后，头疼确是好了，可是足趾剩了九个。国医文明一些，不提小脚指头这一层，而说你气虚，一开便开二十味药，他越摸不清你的脉，越多开药，意在把病吓跑。就是不找大夫。预防大病来临，时时以小病发散之，而小病自己会治，这就等于"吃了萝卜喝热茶，气得大夫满街爬！"

有宜注意者：不当害这种病时，别害。头疼，大则足以失去一个王位，小则能惹出是非。设个小比方：长官约你陪客，你说头疼不去，其结果有不易消化者。怎样利用小病，须在全部生活艺术中搜求出来。看清机会，而后一想象，乃由无病而有病，利莫大焉。

这个，从实际上看，社会上只有一部分人能享受，差不多是一种雅好的奢侈。可是，在一个理想国里，人人应该有这个自由与享受。自然，在理想国内也许有更好的办法；不过，什么办法也不及这个浪漫，这是小品病。

习惯

不管别位，以我自己说，思想是比习惯容易变动的。每读一本书，听一套议论，甚至看一回电影，都能使我的脑子转一下。脑子的转法像是螺丝钉，虽然是转，却也往前进。所以，每转一回，思想不仅变动，而且多少有点进步。记得小的时候，有一阵子很想当"黄天霸"。每逢四顾无人，便掏出瓦块或碎砖，回头轻喊：看镖！有一天，把醋瓶也这样出了手，几乎挨了顿打。这是听《五女七贞》的结果。及至后来读了托尔斯泰等人的作品，就是看杨小楼扮演的"黄天霸"，也不会再扔醋瓶了。你看，这不仅是思想老在变动，而好歹的还高了一二分呢。

习惯可不能这样。拿吸烟说吧，读什么，看什么，听什么，都吸着烟。图书馆里不准吸烟，干脆就不去。

书里告诉我,吸烟有害,于是想戒烟,可是想完了,照样的点上一支。医院里陈列着"烟肺"也看见过,颇觉恐慌,我也是有肺动物啊!这点嗜好都去不掉,连肺也对不起呀,怎能成为英雄呢?!思想很高伟了;乃至吃过饭,高伟的思想又随着蓝烟上了天。有的时候确是坚决,半天儿不动些小白纸卷儿,而且自号为理智的人——对面是习惯的人。后来也不是怎么一股劲,连吸三支,合着并未吃亏。肺也许又黑了许多,可是心还跳着,大概一时还不至于死,这很足自慰。什么都这样。按说一个自居"摩登"的人,总该常常携着夫人在街上走走了。我也这想过,可是做不到。大家一看,我就毛咕,"你慢慢走着,咱们家里见吧!"把夫人落在后边,我自己迈开了大步。什么"尖头曼""方头曼"的,不管这一套。虽然这么说,到底觉得差一点。从此再不去双双走街。

明知电影比京戏文明些,明知京戏的锣鼓专会供给头疼,可是嘉宝或红发女郎总胜不过杨小楼去。锣鼓使人头疼得舒服,仿佛是。同样,冰激凌,咖啡,青岛洗海澡,美国橘子,都使我摇头。酸梅汤,香片茶,裕德池,肥城桃,老有种知己的好感。这与提倡国货无关,而是自幼儿养成的习惯。年纪虽然不大，可是我的幼年还赶上了野蛮时代。那时候连皇上都不坐汽车，可想见那是多么野蛮了。

跳舞是多么文明的事呢，我也没份儿。人家印度青年与日本青年，在巴黎或伦敦看见跳舞，都讲究馋得咽唾沫。有一次，在艾丁堡，跳舞场拒绝印度学生进去，有几位差点上了吊。还有一次在海船上举行跳舞会，一个日本青年气得直哭，因为没人招呼他去跳。有人管这种好热闹叫作猴子的摹仿，我倒并不这么想。在我的脑子里，我看这并不成什么问题，跳不能叫印度登时独立。也不能叫日本灭亡。不跳呢，更不会就怎样了不得。可是我不跳。一个人吃饱了没事，独自跳跳，还倒怪好。叫我和位女郎来回的拉扯，无论说什么也来不得。看着就是不顺眼，不用说真去跳了。这和吃冰激凌一样，我没有这个胃口。舌头一凉，马上联想到泻肚，其实心里准知道并没危险。

还有吃西餐呢。干净，有一定的分量，好消化，这些我全知道。不过吃完西餐要不补充上一碗馄饨两个烧饼，总觉得怪委屈的。吃了带血的牛肉，喝凉水，我一定跑肚。想象的作用。这就没有办法了，想象真会叫肚子山响！

对于朋友，我永远爱交老粗儿。长发的诗人，洋装的女郎，打高尔夫的男性女性，咬言咂字的学者，满跟我没缘。看不惯。老粗儿的言谈举止是咱自幼听惯看惯的。一看见长发诗人，我老是要告诉他先去理发；即使我十二分佩服他的诗才，他那些长发使我堵的慌。家兄永远到"推剃两从便"的地方去"剃"，亮堂堂的很悦目。女子也剪发，在理论上我极同意，可是看着别扭。问我女子该梳什么"头"，我也答不出，我总以为女性应留着头发。我的母亲，我的大姐，不都是世界上最好的女人么？她们都没剪发。

行难知易，有如是者。

考而不死是为神

考试制度是一切制度里最好的，它能把人支使得不像人了，而把脑子严格的分成若干小块块。一块装历史，一块装化学，一块……

比如早半天考代数，下午考历史，在午饭的前后你得把脑子放在两个抽屉里，中间连一点缝子也没有才行。设若你把 X+Y 和一八二八弄到一处，或者找唐朝的指数，你的分数恐怕是要在二十上下。你要晓得，状元得来个一百分呀。得这么着：上午，你的一切得是代数，仿佛连你是黄帝的子孙，和姓字名谁，全根本不晓得。你就像刚由方程式里钻出来，全身的血脉都是 X 和 Y。赶到刚一交卷，你立刻成了历史，向来没听说过代数是什么。亚力山大，秦始皇等就是你的爱人，连他们的生日是某年某月某时都知道。代数与历史千万别联宗，也别默想二者的有无关系，你是赴考呀，赴考的期间你别自居为人，你是个会吐代数，吐历史的机器。

这样考下去，你把各样功课都吐个不大离，好了，你可以现原形了；睡上一天一夜，醒来一切茫然，代数历史化学诸般武艺通通忘掉，你这才想起"妹妹我爱你"。这是种蛇脱皮的工作，旧皮脱尽才能自由；不然，你这条蛇不会得到文凭，就是你爱妹妹，妹妹也不爱你，准的。

最难的是考作文。在化学与物理中间，忽然叫你"人生于世"。你的脑子本来已分成若干小块，分得四四方方，清清楚楚，忽然来了个没有准地方的东西，东扑扑个空，西扑扑个空，除了出汗没有合适的办法。你的心已冷两三天，忽然叫你拿出情绪作用，要痛快淋漓，慷慨激昂，假如题目是"爱国论"，或"天下兴亡匹夫有责"；你的心要是不跳吧，笔下便无血无泪；跳吧，下午还考物理呢。把定律们都跳出去，或是跳个乱七八糟，爱国是爱了，而定律一乱则没有人替你整理，怎办？幸而不是"爱国论"，是"山中消夏记"，心无须跳了。可是，得有诗意呀。仿佛考完代数你更文雅了似的！假如你能逃出这一关去，你便大有希望了，够分不够的，反正你死不了了。被"人生于世"憋死，不是什么稀罕的事。

说回来，考试制度还是最好的制度。被考死的自然无须再提。假若考而不死，你放胆活下去吧，这已明明告诉你，你是十世童男转身。

《牛天赐传》广告

《论语》编辑部早就约我写篇较长的文章,有种种原因使我不敢答应。眼看到暑假了,编辑先生的信又来到,附着请帖,约定在上海吃饭。赔上几十块路费,也得去呀,交情要紧。继而一想,不赔上路费而也能圆上脸,有没有办法呢?这一想,便中了计:写文章吧,没有旁的可说。答应了。

答应了,紧跟着是绑上帐来;你到底写什么呢?先具个简单说明,以便预告给读者。我是有罪不敢抬头——写什么?我自己也愿意知道呀!

这可真难倒了英雄好汉。大体上说,长篇总是小说喽;我没有写史诗的本领,对戏剧是超等外行。对科学哲学又都二五八;只能写小说——好坏是另一个问题。

什么样的小说呢?是呀,什么样的小说呢?又被问住了。内容大概是怎回事？赶快想吧，想了好久，决定写《牛天赐传》。为什么？不能说，说破就不灵了。内容？还是不能说，没想出来呢。再逼我，要上吊去了。一定会有这么个"传"，里边有个"牛天赐"。他也许是英雄，碰巧也许是英雄的弟弟。也许写他的一生，也许写他的半生。没有三角恋爱，也许有。

幽默？一定！虽然这很伤心。怎么说呢？是这样：我原想从今以后不再写幽默的文章。有好几位朋友劝告我：老弟，你也该写点郑重的东西，老大不小的了，总是嘻嘻哈哈？这确是良言。于是我决定暂行搁笔，板起面孔者两月有余。敢情不行。一个人的时间有限，才力有限，鸭子上树还不如乌鸦顺眼呢。假若我不忙，也许破出十年工夫写本有点思想的东西。可是我老忙，忙得没工夫去想。在忙中而能写出的那一点，只有幽默。这是我的"地才"——说"天才"怕有人骂街。

幽默是了不得的呀，我没这么说。幽默是该死的呀，我没这样讲。一个人也只好尽其所能的做吧。百鸟朝凤的时节，麻雀也有个地位。各尽所能，铺好一条路，等那真正天才降临；这是句好话吧？整好步骤，齐喊一二三——四，这恐怕只能练习摔跤吧？真希望我能伟大，谁不应这么希望呢？可是生把我的脖子吊起来，以便成个细高挑儿，身长七尺有余，趁早不用费这个事，骆驼和长颈鹿的脖子都比我的更合格。在这忙碌的生活里，一定叫我写作，我实在想不出高明主意来。这不是发牢骚，也不是道歉，这是广告。广告不可骗人过甚，所以我不能说："读完此篇，独得五十万元！"我只说：我要写一本《牛天赐传》，文字是幽默的。将在《论语》上逐期发表几千字；到现在，还一个字没写。

避暑

英美的小资产阶级，到夏天若不避暑，是件很丢人的事。于是，避暑差不多成为离家几天的意思，暑避了与否倒不在话下。城里的人到海边去，乡下人上城里来；城里若是热，乡下人干吗来？若是不热，城里的人为何不老老实实的在家里歇着？这就难说了。再看海边吧，各样杂耍，似赶集开店一般，男女老幼，闹闹吵吵，比在家中还累得慌。原来暑本无须避，而面子不能不圆——夏天总得走这么几日，要不然便受不了亲友的盘问。谁也知道，海边的小旅馆每每一间小屋睡大小五口；这只好尽在不言中。

手中更富裕的，讲究到外国来。这更少与避暑有关。巴黎夏天比伦敦热得多，而巴黎走走究竟体面不小。花几个钱，长些见识，受点热也还值得。可是咱们这儿所说的人们，在未走以前已经决定好自己的文化比别国高，而回来之后只为增高在亲友中的身份——"刚由巴黎回来；那群法国人！"

到中国做事的西人，自然更不能忘了这一套。在北戴河，有三家凑赁一所小房的，住上二天，大家的享受正如圈里的羊。自然也有很阔气的，真是去避暑；可是这样的人大概在哪里也不见得感到热，有钱呀。有钱能使鬼推磨，难道不能使鬼做冰激凌吗？这总而言之，都有点装着玩。外国人装蒜，中国人要是不学，便算不了摩登。于是自从皇上被免职以后，中国人也讲究避暑。北平的西山，青岛，和其他的地方，都和洋钱有同样的响声。还有特意到天津或上海玩玩的，也归在避暑项下；谁受罪谁知道。

暑，从哲学上讲，是不应当避的。人要把暑都避了，老天爷还要暑干吗？农人要都去避暑，粮食可还有的吃？再退一步讲，手里有钱，暑不可不避，因为它暑。这自然可以讲得通，不过为避暑而急得四脖子汗流，便大可以不必。到避暑期间而闹得人仰马翻，便根本不如在家里和谁打上一架。

所以我的避暑法便很简单——家里蹲。第一不去坐火车；为避暑而先坐二十四小时的特别热车，以便到目的地去治上吐下泻，我就不那么傻。第二不扶老携幼去玩玄：比如上山，带着四个小孩，说不定会有三个半滚了坡的。山上的空气确是清新，可是下得山来，孩子都成了瘸子，也与教育宗旨不甚相合。即使没有摔坏，反正还不吓一身汗？这身汗哪里出不了，单上山去出？第三不用搬家。你说，一家大小都去避暑，得带多少东西？即使出发的时候力求简单，到了地方可就明白过来，啊，没有给小二带乳瓶来！买去吧，哼，该买的东西多了！三叔的固元膏忘下了，此处没有卖的，而不贴则三叔就泻肚；得发快信托朋友给寄！及至东西都慢慢买全，也该回家了，往回运吧，有什么可说的！

一个人去自然简单些，可是你留神吧，你的暑气还没落下去，家里的电报到了——急速回家！赶回来吧，原来没事，只是尊夫人不放心你！本来吗，一个人在海岸上溜，尊夫人能放心吗？她又不是没看过美人鱼的照片。

大家去，独自去，都不好；最好是不去。一动不如一静，心静自然凉。况且一切应用的东西都在手底下：凉席，竹枕，蒲扇，烟卷，万应锭，小二的乳瓶……要什么伸手即得，这就是个乐子。渴了有绿豆汤，饿了有烧饼，闷了念书或作两句诗。早早的起来，晚晚的睡，到了晌午再补上一大觉；光脚没人管，赤背也不违警章，喝几口随便，喝两盅也行。有风便阴凉下坐着，没风则勤扇着，暑也可以避了。

这种避暑有两点不舒服：（一）没把钱花了；（二）怕人问你。都有办法：买点暑药送苦人，或是赈灾，即使不是有心积德，到底钱是不必非花在青岛不可的。至于怕有人问，你可以不见客，等秋来的时候，他们问你，很可以这样说："老没见，上莫干山住了三个多月。"如能把孩子们嘱咐好了，或者不至漏了底。

暑中杂谈二则

一 檐滴

冰雹，狂风，炮火，自然是可怕的。不过，有些东西原不足畏，却也会欺侮人，比如檐滴。大雨的时候，檐溜急流，我们自会躲在屋内，不受它们的浇灌。赶到雨已停止，特别是天上出了虹彩的时候，总要到院中看看。你出去吧，刚把脚放在阶上，不偏不斜，一个檐滴准敲在你的头顶上。正在发旋那块，因为那儿露着的头皮多一些。贾波林在影戏里才用酒瓶打人那块，檐滴也会这一招，而且不必是在影戏里。设若你把脖伸长了些，檐滴就更得手：你要是瘦子，它准落在脖子正中那个骨头上，溅起无数的水星；你要是胖子，它必会滴在那个肉褶上，而后往左右流，成一道小河，擦都费事。这自然不疼不痒,可是叫人别扭。它欺侮人。你以为雨已过去好久,可以平安无事了,哼,偏有那么一滴等着你呢!晚出来一步,或早出来一步,都可以没事;它使你相信了命运,活该挨这一下敲,挨完了敲,还是没地方诉冤。你不能骂房檐一顿;也不能打那滴水,它是在你的脖子上。你没办法。

二 留声机

北方一年只有几天连阴,好像个节令似的过着。院中或院外有了不易得的积水,小孩,甚至于大人,都要去蹚一蹚;摔在泥塘里也是有的。门外卖果子的特别的要大价,街上的洋车很少而奇贵,连医院里也冷冷清清的,下大雨病也得休息。家里须过阴天,什么老太太斗个纸牌,什么大姑娘用凤仙花泥染染指甲,什么小胖小子要煮些毛豆角儿。这都很有趣。可也有时候不尽这样和平,"阴天打孩子,闲着也是闲着",就是雨战的一种。讲到摩登的事儿,留声机是阴天的骄子,既是没事可作,《小放牛》唱一百遍也不算多;唱片又不是蘑菇,下阵雨就往外长新的,只好翻过来掉过去的唱那所有的几片。这是种享受,也是种惩罚——《小放牛》唱到一百遍也能使人想起上吊,不是吗?

二姐借来个留声机,只有五张戏片。头一天还怪好,一家大小都哼唧着,很有个礼乐之邦的情调。第二天就有咧嘴的了,"换个样儿行不行?"可是也还没有打起来,要不怎说音乐足以陶养性情呢。第三天——雨更大了——时局可不妙,有起誓的了。但留声机依旧的转着,有的人想把歌儿背过来,一张连唱二三十次,并且是把耳朵放在机旁,唯恐走了一点音。起誓的和学歌的就不能不打起来了。据近邻王老太太看呢,打起来也比再唱强,到底是换换样儿呀。

一起打,差点把留声机碰掉下来,虽然没碰掉,也不怎么把那个"节音机"给碰动了,针儿碰到"慢"那边去。我也不晓得这个小针叫什么,反正就是那个使唱片加快或减速度的玩艺,大概你比我明白。我家里对于摩登事儿太落伍。我还算是晓得这个针儿——不管它姓什么吧——的作用。二姐连这个都不知道。第四天,雨大邪了,一阵一个海,干什么去呢？还得唱。机器转开了,声音像憋住气的牛,不唱,慢慢的哟哟;片子不转,晃悠。上了一片,哟哟了有半点多钟,大家都落了泪。二姐不叫再唱了:"别唱了,等晴天再说吧。阴天返潮,连话匣子都皮了！"于是留声机暂行休息。我没那个工夫告诉他们拨拨那个针,不愿意再打架。

婆婆话

一位友人从远道而来看我，已七八年没见面，谈起来所以非常高兴。一来二去，我问他有了几个小孩？他连连摇头，答以尚未有妻。他已三十五六，还作光棍儿，倒也有些意思；引起我的话来，大致如下：

我结婚也不算早，作新郎时已三十四岁了。为什么不肯早些办这桩事呢？最大的原因是自己挣钱不多，而负担很大，所以不愿再套上一份麻烦，作双重的马牛。人生本来是非马即牛，不管是贵是贱，谁也逃不出衣食住行，与那油盐酱醋。不过，牛马之中也有些性子刚硬的，挨了一鞭，也敢回敬一个别扭。合则留，不合则去，我不能在以劳力换金钱之外，还赔上狗事巴结人，由马牛降作走狗。这么一来，随时有卷起铺盖滚蛋的可能，也就得有些准备：积极的是储蓄俩钱，以备长期抵抗；消极的是即使挨饿，独身一个总不致灾情扩大。所以我不肯结婚。卖国贼很可以是慈父良夫，错处是只尽了家庭中的责任，而忘了社会国家。我的不婚，越想越有理。

及至过了三十而立，虽有桌椅板凳亦不敢坐，时觉四顾茫然。第一个是老母亲的劝告，虽然不明说："为了养活我，你牺牲了自己，我是怎样的难过！"可是再说硬话实在使老人难堪；只好告诉母亲：不久即有好消息。君子一言，驷马难追；一透口话，就满城风雨。朋友们不论老少男女，立刻都觉得有作媒的资格，而且说得也确是近情近理；平日真没想到他们能如此高明。最普遍而且最动听的——不晓得他们都是从哪儿学来的这一套？——是：老光棍儿正如老姑娘。独居惯了就慢慢养成绝户脾气——万要不得的脾气！一个人，他们说，总得活泼泼的，各尽所长，快活的忙一辈子。因不婚而弄得脾气古怪，自己苦恼，大家不痛快，这是何苦？这个，的确足以打动一个卅多岁，对世事有些经验的人！即使我不希望升官发财，我也不甘成为一个老别扭鬼。

那么经济问题呢？我问他们。我以为这必能问住他们，因为他们必不会因为怕我成了老绝户而愿每月津贴我多少钱。哼，他们的话更多了。第一，两个人的花销不必比一个人多到哪里去；第二，即使多花一些，可是苦乐相抵，也不算吃亏；第三，找位能挣些钱的女子，共同合作，也许从此就富裕起来；第四，就说她不能挣钱，而且多花一些，人生本来是经验与努力，不能永远消极的防备，而当努力前进。

说到这里，他们不管我相信这些与否，马上就给我介绍女友了。仿佛是我决不会去自己找到似的。可是，他们又有文章。恋爱本无须找人帮忙，他们晓得；不过，在恋爱期间，理智往往弱于感情；一旦造成了将错就错的局面，必会将恩作怨，糟糕到底。反之，经友人介绍，旁观者清，即使未必准是半斤八两，到底是过了磅的有个准数。多一番理智的考核，便少一些感情的瞎碰。双方既都到了男大当娶，女大当聘之年，而且都愿结婚，一经介绍，必定郑重其事的为结婚而结婚，不是过过恋爱的瘾，况且结婚就是结婚；所谓同居，所谓试婚，所谓解决性欲问题，原来都是这一套。同居而不婚，也得两人吃饭，也得生儿养女；并不因为思想高明，而可以专接吻，不用吃饭！

我没了办法。你一言，我一语，说得我心中闹得慌。似乎只有结婚才能心静，别无办法。于是我就结了婚。

到如今，结婚已有五年，有了一儿一女。把五年的经验和婚前所听到的理论相证，倒也怪有个味儿。

第一该说脾气。不错，朋友们说对了：有了家，脾气确是柔和了一些。我必定得说，这是结婚的好处。打算平安的过活必须采纳对方的意见，阳纲或阴纲独振全得出毛病；男女同居，根本需要民治精神，独裁必引起革命；努力于此种革命并不足以升官发财，而打得头破血出倒颇悲壮而泄气。彼此非纳着点气儿不可，久而久之都感到精神的胜利，凡事可以和平解决，夫妻俱可成圣矣。

这个，可并不能完全打倒我在婚前的主张：独身气壮，天不怕地不怕；结婚气馁，该瞅着的就得低头。我的顾虑一点不算多此一举。结了婚，脾气确是柔和了，心气可也跟着软下来。为两个人打算，绝不会像一人吃饱天下太平那么干脆。于是该将就者便须将就，不便挺起胸来大吹浩然之气，恋爱可以自由，结婚无自由。

朋友们说对了。我也并没说错。这个，请老兄自己去判断，假如你想结婚的话。

第二该说经济。现在，如果再有人对我说，俩人花钱不见得比一人多，我一定毫不迟疑的敬他一个嘴巴子。俩人是俩人，多数加 S，钱也得随着加 S。是的，太太可以去挣钱，俩人比一人挣的多；可是花得也多呀。公园，电影场，绝不会有"太太免票"的办法，别的就不用说了。及至有了小孩，简直的就不能再有什么预算决算，小孩比皇上还会花钱。太太的事不能再作，顾了挣钱就顾不了小孩，因挣钱而把小孩养坏，照样的不上算；好，太太专看小孩，老爷专去挣钱，小孩专管花钱，不破产者鲜矣。

自然小孩会带来许多快乐，作了父母的夫妻特别的能彼此原谅，而小胖孩子又是那么天真可爱。单单的伸出一个胖手指已足使人笑上半天。可是，小胖子可别生病；一生病，爸的表，娘的戒指，全得暂入当铺，而且昼夜吃不好，睡不安，不亚于国难当前。割割扁桃腺，得一百块！幸亏正是扁桃腺，这要是整个的圆桃，说不定就得上万！以我自己说，我对儿女总算不肯溺爱，可是只就医药费一项来说，已经使我的肩背又弯了许多。

有病难道不给治么？小孩真是金子堆成的。这还没提到将来的教育费——谁敢去想，闭着眼瞎混吧！

有人会说喽，结婚之后顶好不要小孩呀。不用听那一套。我看见不少了，夫妻因为没有小孩而感情越来越坏，甚至去抱来个娃娃，暂时敷衍一下。有小孩才像家庭；不然，家庭便和旅馆一样。要有小孩，还是早些有的为是。一来，妇女岁数稍大，生产就更多危险；二来，早些有子女，虽然花费很多，可是多少能早些有个打算，即使计划不能实现，究竟想有个准备；一想到将来，便想到子女，多少心中要思索一番，对于作事花钱就不能不小心。这样，夫妇自自然然的会老成一些了，要按着老法子说呢，父母养活子女，赶到子女长大便倒过头来养活父母。假如此法还能适用，那么早有小孩，更为上算。假如父亲在四十岁上才有了儿子，儿子到二十的时候，父亲已经六十了；说不定，也许活不到六十的；即使儿子应用古法，想养活父亲，而父亲已入了棺材，哪能喝酒吃饭？

这个，朋友，假若你想结婚的话，又该去思索一番。娶妻需花钱，生儿养女需花钱，负担日大，肩背日弯，好不伤心；同时，结婚有益，有子也有乐趣，即使乐不抵苦，可是生命至少不显着空虚。如何之处，统希鉴裁！

至于娶什么样的太太，问题太大，一言难尽。不过，我看出这么点来：美不是一切。太太不是图画与雕刻，可以用审美的态度去鉴赏。人的美还有品德体格的成分在内。健壮比美更重要。一位爱生病的太太不大容易使家庭快乐可爱。学问也不是顶要紧的，因为有钱可以自己立个图书馆，何必一定等太太来丰富你的或任何人的学问？据我看，结婚是关系于人生的根本问题的；即使高调很受听，可是我不能不本着良心说话，吃，喝，性欲，繁殖，在结婚问题中比什么理想与学问也更要紧。我并不是说妇人应当只管洗衣作饭抱孩子，不应读书作事。我是说，既来到婚姻问题上，既来到家庭快乐上，就乘早不必唱高调，说那些闲盘儿。这是个实际问题，是解决生命的根源上的几项问题，那么，说真实的吧，不必弄一套之乎者也。一个美的摆设，正如一个有学问的摆设，都是很好的摆设，可是未见得是位好的太太。假若你是富家翁呢，那就随便的弄什么摆设也好。不幸，你只是个普通的人，那么，一个会操持家务的太太实在是必要的。假如说吧，你娶了一位哲学博士，长得也顶美，可是一进厨房便觉恶心，夜里和你讨论康德的哲学，力主生育节制，即使有了小孩也不会抱着，你怎办？听我的话，要娶，就娶个能作贤妻良母的。尽管大家高喊打倒贤妻良母主义，你的快乐你知道。这并不完全是自私，因为一位不希望作贤妻良母的满可以不嫁而专为社会服务呀。假如一位反抗贤妻良母的而又偏偏去嫁人，嫁了人又连自己的袜子都不会或不肯洗，那才是自私呢。不想结婚，好，什么主义也可以喊；既要结婚，须承认这是个实际问题，不必弄玄虚。夫妻怎不可以谈学问呢；可是有了五个小孩，欠着五百元债，明天的房钱还没指望，要能谈学问才怪！两个帮手，彼此帮忙，是上等婚姻。

有人根本不承认家庭为合理的组织，于是结婚也就成为可笑之举。这，另有说法，不是咱们所要谈的。咱们谈的是结婚与组织家庭，那么，这套婆婆话也许有一点点用，多少的备你参考吧。

取钱

我告诉你，二哥，中国人是伟大的。就拿银行说吧，二哥，中国最小的银行也比外国的好，不冤你。你看，二哥，昨儿个我还在银行里睡了一大觉。这个我告诉你，二哥，在外国银行里就做不到。

那年我上外国，你不是说我随了洋鬼子吗？二哥，你真有先见之明。还是拿银行说吧，我亲眼得见，洋鬼子再学一百年也赶不上中国人。洋鬼子不够派儿。好比这么说吧，二哥，我在外国拿着张十镑钱的支票去兑现钱。一进银行的门，就是柜台，柜台上没有亮亮的黄铜栏杆，也没有大小的铜牌。二哥你看，这和油盐店有什么分别？不够派儿。再说人吧，柜台里站着好几个，都那么光梳头，净洗脸的，脸上还笑着；这多下贱！把支票交给他们谁也行，谁也是先问你早安或午安；太不够派儿了！拿过支票就那么看一眼，紧跟着就问："怎么拿？先生！"还是笑着。哪道买卖人呢?！叫"先生"还不够，必得还笑，洋鬼子脾气！我就说了，二哥："四个一镑的单张，五镑的一张，一镑零的；零的要票子和钱两样。"要按理说，二哥，十镑钱要这一套啰哩啰嗦，你讨厌不，假若二哥你是银行的伙计？你猜怎么样，二哥，洋鬼子笑得更下贱了，好像这样麻烦是应当应分。喝，登时从柜台下面抽出簿子来，刷刷的就写；写完，又一伸手，钱是钱，票子是票子，没有一眨眼的工夫，都给我数出来了；紧跟着便是："请点一点，先生！"又是一个"先生"，下贱，不懂得买卖规矩！点完了钱，我反倒愣住了，好像忘了点什么。对了，我并没忘了什么，是奇怪洋鬼子干事——况且是堂堂的大银行——为什么这样快？赶丧哪？真他妈的！

　　二哥，还是中国的银行，多么有派儿！我不是说昨儿个去取钱吗？早八点就去了，因为现在天儿热，银行八点就开门；抓个早儿，省得大晌午的劳动人家；咱们事事都得留个心眼，人家有个伺候得着与伺候不着，不是吗？到了银行，人家真开了门，我就心里说，二哥：

大热的天，说什么时候开门就什么时候开门，真叫不容易。其实人家要愣不开一天，不是谁也管不了吗？一边赞叹，我一边就往里走。喝，大电扇忽忽的吹着，人家已经都各按部位坐得稳稳当当，吸着烟卷，按着铃要茶水，太好了，活像一群皇上，太够派儿了。我一看，就不好意思过去，大热的天，不叫人家多歇会儿，未免有点不知好歹。可是我到底过去了，二哥，因为怕人家把我撵出去；人家看我像没事的，还不撵出来么？人家是银行，又不是茶馆，可以随便出入。我就过去了，极慢的把支票放在柜台上。没人搭理我，当然的。有一位看了我一眼，我很高兴；大热的天，看我一眼，不容易。二哥，我一过去就预备好了：先用左腿金鸡独立的站着，为是站乏了好换腿。左腿立了有十分钟，我很高兴我的腿确是有了劲。支持到十二分钟我不能不换腿了，于是就来个右金鸡独立。右腿也不弱，我更高兴了，嗨，爽性来个猴啃桃吧，我就头朝下，顺着柜台倒站了几分钟。翻过身来，大家还没动静，我又翻了十来个跟头，打了些旋风脚。刚站稳了，过来一位；心里说：我还没练两套拳呢；这么快？那位先生敢情是过来吐口痰，我补上了两套拳。拳练完了，我出了点汗，很痛快。又站了会儿，一边喘气，一边欣赏大家的派头——真稳！很想给他们喝个彩。八点四十分，过来一位，脸上要下雨，眉毛上满是黑云，看了我一看。我很难过，大热的天，来给人家添麻烦。他看了支票一眼，又看了我一眼，好像断定我和支票像亲哥儿俩不像。我很想把脑门子上签个字。他连大气没出把支票拿了走，扔给我一面小铜牌。我直说："不忙，不忙！今天要不合适，我明天再来；明天立秋。"我是真怕把他气死，大热的天。他还是没理我，真够派儿，使我肃然起敬！

拿着铜牌，我坐在椅子上，往放钱的那边看了一下。放钱的先生——一位像屈原的中年人——刚按铃要鸡丝面。我一想：工友传达到厨房，厨子还得上街买鸡，凑巧了鸡也许还没长成个儿；即使顺当的买着鸡，面也许还没磨好。说不定，这碗鸡丝面得等三天三夜。放钱的先生当然在吃面之前决不会放钱；大热的天，腹里没食怎能办事。我觉得太对不起人了，二哥！心中一懊悔，我有点发困，靠着椅子就睡了。睡得挺好，没蚊子也没臭虫，到底是银行里！一闭眼就睡了五十多分钟；我的身体,二哥,是不错了!吃得饱,睡得着!偷偷的往放钱的先生那边一看,(不好意思正眼看,大热的天,赶劳人是不对的!)鸡丝面还没来呢。我很替他着急,肚子怪饿的,坐着多么难受。他可是真够派儿,肚子那么饿还不动声色,没法不佩服他了,二哥。

大概有十点左右吧,鸡丝面来了!"大概",因为我不肯看壁上的钟——大热的天,表示出催促人家的意思简直不够朋友。况且我才等了两点钟,算得了什么。我偷偷的看人家吃面。他吃得可不慢。我觉得对不起人。为兑我这张支票再逼得人家噎死,不人道!二哥,咱们都是善心人哪。他吃完了面,按铃要手巾把,然后点上火纸,咕噜开小水烟袋。我这才放心,他不至于噎死了。他又吸了半点多钟水烟。这时候,二哥,等取钱的已有了六七位,我们彼此对看,眼中都带出对不起人的神气,我要是开银行,二哥,开市的那天就先枪毙俩取钱的,省得日后麻烦。大热的天,取哪门子钱?!不知好歹!

十点半,放钱的先生立起来伸了伸腰。然后捧着小水烟袋和同事的低声闲谈起来。我替他抱不平,二哥,大热的天,十时半还得在行里闲谈,多么不自由!凭他的派儿，至少该上青岛避两月暑去；还在行里，还得闲谈，哼！

十一点，他回来，放下水烟袋，出去了；大概是去出恭。十一点半才回来。大热的天，二哥，人家得出半点钟的恭，多不容易！再说，十一点半，他居然拿起笔来写账，看支票。我直要过去劝告他不必着急。大热的天，为几个取钱的得点病才合不着。到了十二点，我决定回家，明天再来。我刚要走，放钱的先生喊："一号！"我真不愿过去，这个人使我失望！才等了四点钟就放钱，派儿不到家！可是，他到底没使我失望！我一过去，他没说什么，只指了指支票的背面。原来我忘了在背后签字，他没等我拔下自来水笔来，说了句："明天再说吧。"这才是我所希望的！本来吗，人家是一点关门；我补签上字，再等四点钟，不就是下午四点了吗？大热的天，二哥，人家能到时候不关门？我收起支票来，想说几句极合适的客气话，可是他喊了"二号"；我不能再耽误人家的工夫，决定回家好好的写封道歉的信！二哥，你得开开眼去，太够派儿！

写字

假若我是个洋鬼子,我一定也得以为中国字有趣。换个样儿说,一个中国人而不会写笔好字,必定觉得不是味儿;所以我常不得劲儿。

写字算不算一种艺术,和作官算不算革命,我都弄不清楚。我只知道好字看着顺眼。顺眼当然不一定就是美,正如我老看自己的鼻子顺眼而不能自居姓艺名术字子美。可是顺眼也不算坏事,还没有人因为鼻子长得顺眼而去投河。再说,顺眼也颇不容易;无论你怎样自居为宝玉,你的鼻子没有我的这么顺眼,就干脆没办法;我的鼻子是天生带来的,不是在医院安上的。说到写字,写一笔漂亮字儿,不容易。工夫,天才,都得有点。这两样,我都有,可就是没人求我写字,真叫人起急!

看着别人写,个儿是个儿,笔力是笔力,真馋得慌。

尤其堵得慌的是看着人家往张先生或李先生那里送纸，还得作揖，说好话，甚至于请吃饭。没人理我。我给人家作揖，人家还把纸藏起去。写好了扇子，白送给人家，人家道完谢，去另换扇面。气死人不偿命，简直的是！

只有一个办法：遇上丧事必送挽联，遇上喜事必送红对，自己写。敢不挂，玩命！人家也知道这个，哪敢不挂？可是挂在什么地方就大有分寸了。我老得到不见阳光，或厕所附近，找我写的东西去。行一回人情总得头疼两天。

顶伤心的是我并不是不用心写呀。哼，越使劲越糟！纸是好纸，墨是好墨，笔是好笔，工具满对得起人。写的时候，焚上香，开开窗户，还先读读碑帖。一笔不苟，横平竖直；挂起来看吧，一串倭瓜，没劲！不是这个大那个小，就是歪着一个。行列有时像歪脖树，有时像曲线美。整齐自然不是美的要素；要命是个个字像傻蛋，怎么耍俏怎么不行。纸算糟蹋远了去啦。要讲成绩的话，我就有一样好处，比别人糟蹋的纸多。

可是，"东风常向北，北风也有转南时"，我也出过两回风头。一回是在英国一个乡村里。有位英国朋友死了，因为在中国住过几年，所以留下遗言。墓碣上要几个中国字。我去吊丧，死鬼的太太就这么跟我一提。我晓得运气来了，登时包办下来；马上回伦敦取笔墨砚，紧跟着跑回去，当众开彩。全村子的人横是差不多都来了吧，只有我会写；我还告诉他们：我不仅是会写，而且写得好。写完了，我就给他们掰开揉碎的一讲，这笔有什么讲究，那笔有什么讲究。他们的眼睛都睁得圆圆的，眼珠里满是惊叹号。我一直痛快了半个多月。后来，我那几个字真刻在石头上了，一点也不瞎吹。"光荣是中国的，艺术之神多着一位。天上落下白米饭，小鬼儿哟哟的哭；因为仓颉泄露了天机！"我还记得作了这样高伟的诗。

第二回是在中国，这就更不容易了。前年我到远处去讲演。那里没有一个我的熟人。讲演完了，大家以为我很有学问，我就棍打腿的声明自己的学问很大，他们提什么我总知道，不知道的假装一笑，作为不便于说，他们简直不晓得我吃几碗干饭了，我更不便于告诉他们。提到写字，我又那么一笑。喝，不大会儿，玉版宣来了一堆。我差点乐疯了。平常老是自己买纸，这回我可捞着了！我也相信这次必能写得好：平常总是拿着劲，放不开胆，所以写得不自然；这次我给他个信马由缰，随笔写来，必有佳作。中堂，屏条，对联，写多了，直写了半天。写得确是不坏，大家也都说好。就是在我辞别的时候，我看出点毛病来：好些人跟招待我的人嘀咕，我很听见了几句："别叫这小子走！""那怎好意思？""叫他赔纸！""算了吧，他从老远来的。"……招待员总算懂眼，知道我确是卖了力气写的，所以大家没一定叫我赔纸；到如今我还以为这一次我的成绩顶好，从量上质上说都下得去。无论怎么说，总算我过了瘾。

我知道自己的字不行，可有一层，谁的孩子谁不爱呢！是不是，二哥？

读书

若是学者才准念书,我就什么也不要说了。大概书不是专为学者预备的;那么,我可要多嘴了。

从我一生下来直到如今,没人盼望我成个学者;我永远喜欢服从多数人的意见。可是我爱念书。

书的种类很多,能和我有交情的可很少。我有决定念什么的全权;自幼儿我就会逃学,愣挨板子也不肯说我爱《三字经》和《百家姓》。对,《三字经》便可以代表一类——这类书,据我看,顶好在判了无期徒刑后去念,反正活着也没多大味儿。这类书可真不少,不知道为什么;也许是犯无期徒刑罪的太多;要不然便是太少——我自己就常想杀些写这类书的人。我可是还没杀过一个,一来是因为——我才明白过来——写这样书的人敢情有好些已经死了,比如写《尚书》的那位李二哥。

二来是因为现在还有些人专爱念这类书,我不便得罪人太多了。顶好,我看是不管别人;我不爱念的就不动好了。好在,我爸爸没希望我成个学者。

第二类书也与咱无缘:书上满是公式,没有一个"然而"和"所以"。据说,这类书里藏着打开宇宙秘密的小金钥匙。我倒久想明白点真理,如地是圆的之类;可是这种书别扭,它老瞪着我。书不老老实实的当本书,瞪人干吗呀?我不能受这个气!有一回,一位朋友给我一本《相对论原理》,他说:明白这个就什么都明白了。我下了决心去念这本宝贝书。读了两个"配纸",我遇上了一个公式。我跟它"相对"了两点多钟!往后边一看,公式还多了去啦!我知道和它们"相对"下去,它们也许不在乎,我还活着不呢?

可是我对这类书,老有点敬意。这类书和第一类有些不同,我看得出。第一类书不是没法懂,而是懂了以后使我更糊涂。以我现在的理解力——比上我七岁的时候,我现在满可以作圣人了——我能明白"人之初,性本善"。明白完了,紧跟着就糊涂了;昨儿个晚上,我还挨了小女儿——玫瑰唇的小天使——一个嘴巴。我知道这个小天使性本不善，她才两岁。第二类书根本就看不懂，可是人家的纸上没印着一句废话；懂不懂的，人家不闹玄虚，它瞪我，或者我是该瞪。我的心这么一软，便把它好好放在书架上；好打好散，别太伤了和气。

这要说到第三类书了。其实这不该算一类；就这么算吧，顺嘴。这类书是这样的：名气挺大，念过的人总不肯说它坏，没念过的人老怪害羞的说将要念。譬如说《元曲》，太炎"先生"的文章，罗马的悲剧，辛克莱的小说，《大公报》——不知是哪儿出版的一本书——都算在这类里，这些书我也都拿起来过，随手便又放下了。这里还就属那本《大公报》有点劲。我不害羞，永远不说将要念。好些书的广告与威风是很大的，我只能承认那些广告作得不错，谁管它威风不威风呢。

"类"还多着呢，不便再说；有上面的三项也就足以证明我怎样的不高明了。该说读的方法。

怎样读书，在这里，是个自决的问题；我说我的，没勉强谁跟我学。第一，我读书没系统。借着什么，买着什么，遇着什么，就读什么。不懂的放下，使我糊涂的放下，没趣味的放下，不客气。我不能叫书管着我。

第二，读得很快，而不记住。书要都叫我记住，还要书干吗？书应该记住自己。对我，最讨厌的发问是："那个典故是哪儿的呢？""那句书是怎么来着？"我永不回答这样的考问，即使我记得。我又不是印刷机器养的，管你这一套！

读得快，因为我有时候跳过几页去。不合我的意，我就练习跳远。书要是不服气的话，来跳我呀！看侦探小说的时候，我先看最后的几页，省事。

第三，读完一本书，没有批评，谁也不告诉。一告诉就糟："嘿，你读《啼笑因缘》？"要大家都不读《啼笑因缘》，人家写它干吗呢？一批评就糟："尊家这点意见？"我不惹气。读完一本书再打通儿架，不上算。我有我的爱与不爱，存在我自己心里。我爱念什么就念，有什么心得我自己知道，这是种享受，虽然显得自私一点。

再说呢，我读书似乎只要求一点灵感。"印象甚佳"便是好书，我没工夫去细细分析它，所以根本便不能批评。"印象甚佳"有时候并不是全书的，而是书中的一段最入我的味；因为这一段使我对这全书有了好感；其实这一段的美或者正足以破坏了全体的美，但是我不去管；有一段叫我喜欢两天的，我就感谢不尽。因此，设若我真去批评，大概是高明不了。

第四，我不读自己的书，不愿谈论自己的书。"儿子是自己的好"，我还不晓得，因为自己还没有过儿子。有个小女儿，女儿能不能代表儿子，就不得而知。"老婆是别人的好"，我也不敢加以拥护，特别是在家里。但是我准知道，书是别人的好。别人的书自然未必都好，可是至少给我一点我不知道的东西。自己的，一提都头疼！自己的书，和自己的运气，好像永远是一对儿累赘。

第五，哼，算了吧。

谈教育

叫我谈现代教育,这可不容易办!我这个家伙不会瞪着眼批评。我最喜欢和朋友们瞎扯,用不着"诗云",也用不着"子曰";想叫我有头有尾的说一遍,我没那个本事。是呀,我偶尔心血来潮,也能看出事情的好坏来。可是,我的脾气永远使我以好坏为事实;这就是说,我承认事实而不愿再想一遍——好的怎能再好,坏的怎当矫正。我不会这一套,我不会把自己放在高山上,指挥着大家应怎么怎么;何者对,何者不对;使世界成一条线,串起一切众生,都看齐立正开步走。

对于现代教育,我说什么呢?我不怕人家笑我说的不对,我怕歪打正着的偏偏说对,而被人称为大师,或二师,或师弟,甚至于师妹。我要是有饭吃,我决不当教员。我最大的希望是有人每月供给我二百块钱,什么事也不做，闲着一劲的吃饭与瞎扯。

提起现代的教育，我以为这是应该高兴的。先由教员说吧，要是没有教育，这群人——连我算上——上哪儿挣钱去？由这一点往下想，教育仍当扩充；薪水最好也再增高一些；对教员应使之"清"，而不宜使之"苦"。

说到学生，现在的学生实在可羡慕：念许多书，学洋文，知天文，晓地理，还看报纸，也会踢球，这也就很够了。这样的青年，拿到一张文凭，去作官，去发财，去恋爱，本是分所应得，近情近理。不过是呢，穷人不大容易享受这些利益，未免是个缺点。可细那么一想呢，种瓜得瓜，种银元得金镑；蛤蟆垫桌腿，本当死挨，那有什么法儿呢！

至于学校，那太好了。一个个衙门似的，这个课长，那个主任，出布告，写讲义，有科学馆，体育场，图书馆，可谓应有尽有，诸事大吉。教书有种种教员，训育有主任，指导赛跑也有专员。由学校看，中国显然有了极大的进步。虽然由学校与人口的比例上看，学校还微嫌少着两三个，可是能有这么多，这么好，也就满说得下去了。

统而言之，我觉得现在中国的教育够甲等。也许这太乐观了些。可是在这个年月，不乐观又怎样呢？

有钱最好

既是苦命人,到处都得受罪。穷大奶奶逛青岛,受洋罪;我也正受着这种洋罪。

青岛的青山绿水是给诗人预备的,我不是诗人。青岛的洋楼汽车是给阔人预备的,我有时候袋里剩三个子儿。享受既然无缘,只好放在一边,单表受罪。

第一先得说房。大小不拘,这里的房全是洋式。由房东那方面看,租钱不算多;由住房儿的看,像我这样的人,简直一月月的干给房钱赶网。吃也不算贵,喝也不算贵;房没有贱的。房既然贵,自然住不起一整所儿,所以大多数的楼房是分租,一层儿两三间房租给一家。住楼上的呢,得上下跑腿;而且费煤,因为高处得风,墙又不厚。住楼下的,自然省了脚,也较比的暖一点,可是乐不抵苦。您别看大家都洋服啷当儿的,讲到公德心，青岛的人并不比别处的文明，楼的建筑根本是二五八，楼板也就是一寸来厚，而楼上的人们，绝不会想到楼下还有人。希望大家铺地毯，未免所求过奢；能垫上点席子的便很难得。要赶上楼上有那么七八个孩子，那就蛤蟆垫桌腿儿，死挨。人家能把楼板踩得老忽闪忽闪的动，时时有塌下来的可能。自然没人能管住小孩不走不跳，可是能够作到的也没人作。比如说椅子腿上包点布，或者不准小孩拉椅子，这很容易办吧？哼，没那回事。你莫名其妙楼上怎会有那么多椅子，更不知道为什么老在那儿拉。你晓得楼上拉椅子多么难听，它钻脑子，叫人想马上自杀。可是谁叫你住楼下呢！你乘早不用去请求，住楼上的理直气壮。"哟，我们的孩子会闹？那可奇怪！拉椅子？我们的小孩可就是喜欢拉椅子玩。在楼上踢毽？可不是，小孩还能不玩？"楼上的人都这么和气而且近情近理。你只有一条路，搬家。

搬吧，都调查好了，同楼的小孩少，大人也规矩，你很喜欢。搬过去一看，院里有八条狗！青岛是带洋派的地方，讲究养狗。可是养狗的人想不起去遛遛它们，狗屎全摆在院中。狗名儿都是洋的，什么济美、什么邦走；

敢情洋名的狗拉洋屎，也是臭的。济美们还叫呢，要赶上你要睡会儿觉，或是孩子刚睡着，人家才叫得凶呢。

还得搬哪！这回可好，没有小孩，也没有狗。早晨七点来钟，人家唱上了。青岛的京戏最时兴。早晨唱过了，那敢情不过是喊喊嗓子。大轴子是在晚上，胡琴拉着，生末净旦丑俱全，唱开了没头儿。唱得好听的自然不是没有哇；叫人想自杀的也不少。你怎办？还得搬家。

搬一回家，要安一回灯，挂一回帘子；洋房吗。搬一回家，要到公司报一回灯，报一回水，洋派吗。搬一回家，要损失一些东西，损失一些钱，洋罪吗。

好房子有哇，也得住得起呀。算了吧，房子够了。

带洋字的，还就是洋车好，干净，雨布风帘也齐全；可就是贵。一上车就是一毛钱，稍微远那么一点就得两毛。我的办法是不坐。这有点对不起"车友"们，可是有什么办法呢？自行车也不好骑，净是山路，陡得要命。最好是坐汽车，其次就是走，据我看。汽车呢，连那个喇叭咱也买不起；即使勉强的买个喇叭，不是还得自己走路；干脆，咱走就是了。青岛的空气却是不坏，可惜脚受点委屈！

关于食，没有什么可说的。饭馆子不少，中菜西菜都有。价钱都可以的。所以咱还是消极抵抗，不吃。自己家里做菜倒不贵，鱼虾现成，而且新鲜。别的肉类菜蔬也说不上贵来；吃饱了拉倒，这倒好办。馋了呢？活该！

穿，随便。青年人多数穿洋服，也很有些穿得很讲究的。咱向来不讲究穿，给它个不在乎。这占了已结婚的便宜。设若正在"追求"期间，我想我也得多一份洋罪。不穿洋服，可是我天天刮胡子，这一来是耍洋派，二来表示我并不完全不怕太太。完全不怕太太的人不易发财，真的！

说到了玩，此地没有什么游艺场。此地根本是个避暑的所在，成年价在这儿住，当然是别扭。京戏偶尔来几个名角，戏价总要两三块，咱犯不上去。平日呢，老有蹦蹦戏，听着又不过瘾。电影院有几处，夏天才来好片子；冬天只是对付事儿，我假装的避宿，赶到惊蛰再去，也还不迟。公园真好，道路真好，海岸真好，遇上晴天我便去走，既不用花钱，而且接近了自然。在别方面受的罪，由这个享受补过来，这叫做穷欢喜。

总起来说，青岛不是个坏地方，官员们也真卖力气建设。所谓洋罪，是我的毛病，穷。假若我一旦发了财，我必定很喜欢这里。等着吧，反正咱不能穷一辈子。

西红柿

所谓番茄炒虾仁的番茄,在北平原叫作西红柿,在山东各处则名为洋柿子,或红柿子。想当年我还梳小辫,系红头绳的时候,西红柿还没有番茄这点威风。它的价值,在那不文明的时代,不过与"赤包儿"相等,给小孩儿们拿着玩玩而已。大家作"娶姑娘扮姐姐"玩耍的时节,要在小板凳上摆起几个红胖发亮的西红柿,当作喜筵,实在漂亮。可是,它的价值只是这么点,而且连这一点还不十分稳定,至于在大小饭铺里,它是完全没有份儿的。这种东西,特别是在叶子上,有些不得人心的臭味——按北平的话说,这叫作"青气味儿"。所谓"青气味儿",就是草木发出来的那种不好闻的味道,如楮树叶儿和一些青草,都是有此气味的。可怜的西红柿,果实是那么鲜丽,而被这个味儿给累住,像个有狐臭的美人。不要说是吃，就是当"花儿"看，它也是没有"凉水茄"，"番椒"等那种可以与美人蕉、翠雀儿等草花同在街上售卖的资格。小孩儿拿它玩耍，仿佛也是出于不得已；这种玩艺儿好玩不好吃，不像落花生或枣子那样可以"吃玩两便"。其实呢，西红柿的味道并不像它的叶子那么臭恶，而且不比臭豆腐难吃，可是那股青气味儿到底要了它的命。除了这点味道，恐怕它的失败在于它那点四不像的劲儿：拿它当果子看待，它甜不如果，脆不如瓜；拿它当菜吃，煮熟之后屁味没有，稀松一堆，没点"嚼头"；它最宜生吃，可是那股味儿，不果不瓜不菜，亦可以休矣！

西红柿转运是在近些年，"番茄"居然上了菜单，由英法大菜馆而渐渐侵入中国饭铺，连山东馆子也要报一报"番茄虾银（仁）儿"！文化的侵略哟，门牙也挡不住呀！可是细一看呢，饭馆里的番茄这个与那个，大概都是加上了点番茄汁儿，粉红怪可看，且不难吃；至于整个的鲜番茄，还没多少人肯大嘴的啃。肯生吞它的，或者还得算留过洋的人们和他们的儿女，到底他们的洋味地道些。近来西医宣传西红柿里含有维他命 A 至 W，可是必须生吃,这倒有点别扭。不过呢,国人是最注意延年益寿,滋阴补肾的东西,或者这点青气味儿也不难于习惯下来的;假如国医再给证明一下:番茄加鹿茸可以壮阳种子,我想它的前途正自未可限量咧。

再谈西红柿

因为字数的限制，上期讲西红柿未能讲到"人生于世"，或西红柿与二次世界大战的关系，故须再谈。不过呢，这次还是有字数的限制，能否把西红柿与人生于世二者之间的"然而一大转"转过来，还没十分的把握。由再谈而三谈也是很可能的，文章必须"作"也。这次"再谈"，顶好先定妥范围，以便思想集中，而免贪多嚼不烂，"人生于世"且到后帐歇息为妙。

《避暑录话》里的话，本当于青岛有关系；再谈西红柿少不得"人生于青岛"，即使暂时不谈"人生于世"。话不落空，即是范围妥定，文章义法不能不讲究。

青岛是富有洋味的地方，洋人洋房洋服洋药洋葱洋蒜，一应俱全。海边上看洋光眼子，亦甚写意。这就应当来到西红柿身上，此洋菜也。

记得前些年，北平的"农事试验场"——种了不少西红柿；每当夏季，天天早晨大挑子的往东城挑，为是卖给东交民巷一带等处的洋人，据说是很赚钱。青岛的洋人既不少，而且洋派的中国人也甚多，这就难怪到处看见西红柿。设若以这种"菜"的量数测定欧化的程度深浅，青岛当然远胜于北平。由这个线索往下看，青岛的菜市就显出与众不同，西红柿而外，还有许多洋玩艺儿呢。这些洋东西之中，像洋樱桃、杨梅等，自然已经不很刺眼，正如冰激凌已不像前些年那样冰舌头。至于什么 rhubarb[1] 咧，什么 gooseberry[2] 咧，和冬瓜茄子一块儿摆着，不知怎的就有点不得劲儿。我还没看见过中国人买它们，也不晓得它们是否有个中国名儿，cheese[3] 也是常见的，那点洋臭味儿又非西红柿可比。可是，我倒看见了中国人——决不是洋厨师傅——买它，足见欧美的臭东西也便可贵——价钱并不贱呢。吃洋臭豆腐而鄙视山东瓜子与大蒜的人，大概也会不在少数，这年头儿，

---

1. 食用大黄。
2. 醋栗。
3. 奶酪。

设若非洋化不足以强国,从饮食上,我倒得拥护西红柿,一来是味邪而不臭,二来是一毛钱可以买一堆,三来是真有养分,虽洋化而不受洋罪。烙饼卷 cheese,哼,请吧;油条小米粥,好吃的多!您就是说我不够洋派,我也不敢挑眼。

暑避

有福之人,散处四方,夏日炎热,聚于青岛,是谓避暑。无福之人,蛰居一隅,寒暑不侵,死不动窝;幸在青岛,暑气欠猛,随着享福,是谓暑避。前者是师出有名,堂堂正正,好不威风;后者是歪打正着,马马虎虎,穷混而已。可是,有福之人到底命大,无福之人泄气到底;有福者避暑,而暑避矣;无福者暑避,而罪来矣。就拿在下而言,作事于青岛,暑气天然不来,是亦暑避者流也。可是,海岸走走,遇上二三老友,多年不见,理当请吃小馆。避暑者得吃得喝,暑避者几乎破产;面子事儿,朋友的交情,死而不怨,毛病在天。吃小馆而外,更当伴游湛山崂山等处,汽车呜呜,洋钱铮铮,口袋无底,望洋兴叹。逝者如斯夫,洋钱一去不复返。炮台已看过十八次,明天又是"早八点见,看看德国的炮台,没错儿！"为德国吹牛，仿佛是精神胜利。

海岸不敢再去，闭门家中坐，连苍蝇也进不来，岂但避暑，兼作蛰宿。哼，快信来矣，"祈到站……"继以电报，"代定旅舍……"于是拿起腿来，而车站，而码头，而旅馆，而中国旅行社……昼夜奔忙，慷慨激昂，暑避者大汗满头，或者是五行多水。

这还是好的，更有三更半夜，敲门如雷；起来一看，大小三军，来了一旅，俱是知己哥儿们，携老扶幼，怀抱的娃娃足够一桌，行李五十余件。于是天翻地覆，楼梯底下支架木床，书架上横睡娃娃，凉台上搭帐篷，一直闹到天亮，大家都夸青岛真凉快。

再加上四届"铁展"，乃更伤心。不去吧，似嫌怯懦；去吧，还能不带着皮夹？牙关咬定，仁者有勇，直奔"铁展"，售品所处有"吸钞石"，票子自己会飞。饱载而归，到家细看，一样儿必需的没有，开始悲观。

由此看来，暑避之流顶好投海，好在还方便。

檀香扇

中华民族是好是坏，一言难尽，顶好不提。我们"老"，这说着似乎不至有人挑眼，而且在事实上也许是正确的。科学家在中国不大容易找饭吃，科学家的话也每每招咱们头疼；因此，我自幸不是个科学家，也不爱说带定律味儿的话。"革命"就是"劫数"，美国总统也请人相面，说着都另有股子劲儿，和包文正《打龙袍》一样能讨咱们喜欢。谈到民族老不老的问题，自然也不便刨根问底，最好先点头咂嘴，横打鼻梁："我们老得多；你们是孙子！"于是，即使祖父被孙子揍了，到底孙子是年幼无知；爽性来个宽宏大量，连忤逆也不去告。这叫作"劲儿"。明白这点劲儿，莫谈国事乃更见通达。

您就拿看电影说吧，总得算洋派儿。可是赶上邻座是洋人，您就觉得有点不得劲；洋派儿和洋人到底是两回事，无论您的洋服多么讲究，反正赶不上洋人地道。您有点气馁，不是不能不设法捧自己的场，于是您就那么一比较：啊，原来洋人身上，甚至于连手上，都有长长的毛；有时候洋人老太太带着小胡子嘴儿。野人。那么也就是孙子了。您吐一口气，摸摸自己的手，光润无毛，文明得厉害。

夏天到电影院去，更怕遇见"洋"她们。她们穿得很少很薄，白白的脖儿，胖胖的臂，原有个看头儿。可是您的鼻子受了委屈，香水味里裹着一股像臭豆腐加汽水的味儿，又臭又辣，使您恶心。不论好莱坞的女明星怎么美妙，您从此大概不会再想娶洋姨太太。民族老幼不可同日而语，香臭也会使人们决定"东是东，西是西"，没法儿调和，只好掩鼻而过。

"铁展"救了我一命。那天我去看《块肉余生》，左边坐着位重三百磅的洋太太，右边坐着三位洋姑娘——体重差一些，可是三位呢。左右逢源，自制的氯气阵阵加紧。我知道是要坏；我不能堵上鼻看电影：堵得太严，满有死去的希望；不堵呢，大概比死去还难受，感谢"铁展"！我手中拿着前一天刚买来的檀香扇！看完电影，

我念念有词,作了两句标语:

"老民族是香的!中华万岁!"

"檀香扇打倒帝国主义!"

立秋后

去年来青岛，已是秋天。秋水秋山，红楼黄叶，自是另一番风味；虽未有见到夏日的热闹，可是秋夜听潮，或海岸独坐，亦足畅怀。

秋去冬来，野风横吹，湿冷入骨；日落以后，市上海滨俱少行人；未免觉得寂苦。

春到甚迟，直到樱花开了，才能撤去火炉，户外活动渐渐增多，可是春假里除了崂山旅行，也还想不出更好的办法。

六七月之间才真看到青岛的光荣，尤其是初次看到，更觉得有点了不得。可是一两星期过去，又仿佛没有什么了：士女是为避暑而来，自然表现着许多洋习气，以言文化，乃在蔻丹指甲与新奇浴衣之间，所谓浪漫，亦不过买票跳舞，喝冷咖啡而已。闭户休息，寂寞不减于冬令，自叹命薄福浅！

有一件事是可喜的，即夏日有会友的机会。别已二年五载，忽然相值，相与话旧，真一乐事。再说呢，一向糊口四方，到处受友人的招待，今则反客为主，略尽地主之谊，也能更明白些交友的道理。况且此地是世外桃源，平日少见寡闻，于今各处朋友带来各处消息，心泉渐活，又回到人间，不复梦梦。

立秋以后，别处天气渐凉，此地反倒热起来；朋友们逐渐走去，车站码头送别，"明夏再来呀！"能不黯然销魂！

等暑

青岛并非不暑,而是暑得比别处迟些。这么一句平常话,也需要一年的经验才敢说。秋天很暖——我是去年秋天来的——正因为夏未全去;以此类推,方能明白此地春之所以迟迟,六七月间之所以不热,哼,和八月间之所以大热起来。仿佛别人早已这样告诉过我,"仿佛"就有点记不真切的意思,"不相信"是其原因。青岛还会热?问号打得很清楚。赶到今年八月,才理会过来,可是马上归功于自己的经验,别人说过与否终于打入"仿佛"之下。以此为证,人鲜有不好吹者!

来避暑的人总是六七月来而八月走去,这时间的选取实在就够避暑的资格;于此,我更愿发财,有钱的人不必用整年的工夫去发现七月凉八月热,他们总是聪明的。高粱一熟,螃蟹下市,别处的蝉声已带哀意;仍然住在青岛，似乎专为等着"秋老虎"，其愚或可及，其穷定不可及。有钱的能征服自然，没钱的蛤蟆垫桌腿而已。

可是等暑之流也有得意之处：八月中若来个远地朋友，箱中带着毛衣，手不持扇，刚一下车便满身是汗，抢过我的扇子，连呼"这里也这么热！"我乃似笑非笑，徐道经验，有如圣人，乐得心中发痒。

若是这位可怜的朋友叨唠上没完，不怨自己缺乏经验，而充分的看不起青岛，我可必得为青岛辩护，把六七月间的光景如诗一般的述说，仿佛青岛是我家里的。心理的变化与矛盾有如是者，此我之所以每每看不起自己者也。

丁

海上的空气太硬，丁坐在沙上，脚趾还被小的浪花吻着，疲乏了的阿波罗——是的，有点希腊的风味，男女老幼都赤着背，可惜胸部——自己的，还有许多别人的——窄些；不完全裸体也是个缺欠"中国希腊"，窄胸喘不过气儿来的阿波罗！

无论如何，中国总算是有了进步。丁——中国的阿波罗——把头慢慢的放在湿软的沙上，很懒，脑子还清楚、有美、有思想。闭上眼，刚才看见的许多女神重现在脑中，有了进步！那个像高中没毕业的女学生！她妈妈也许还裹着小脚。健康美，腿！进步！小脚下海，噘，国耻！

背上太潮。新的浴衣贴在身上，懒得起来，还是得起，海空气会立刻把背上吹干。太阳很厉害，虽然不十分热。得买副黑眼镜——中山路药房里,圆的,椭圆的,放在阿司匹灵的匣子上。眼圈发干,海水里有盐,多喝两口海水,吃饭时可以不用吃咸菜;不行,喝了海水会疯的,据说:喝满了肚,啊,报上——什么地方都有《民报》;是不是一个公司的?——不是登着,二十二岁的少年淹死;喝满了肚皮,危险,海绿色的死!

炮台,一片绿,看不见炮,绿得诗样的美;是的,杀人时是红的,闲着便是绿的,像口痰。捶了胸口一拳,肺太窄,是不是肺病?没的事。帆船怪好看,找个女郎,就这么都穿着浴衣,坐一只小帆船,飘,飘,飘到岛的那边去;那个岛,像蓝纸上的一个苍蝇;比拟得太脏一些!坐着小船,摸着……浪漫!不,还是上崂山,有洋式的饭店。洋式的,什么都是洋式的,中国有了进步!

一对美国水兵搂着两个妓女在海岸上跳。背后走过一个妇人,哪国的?腿有大殿的柱子那样粗。一群男孩子用土埋起一个小女孩,只剩了头,"别!别!"尖声的叫。海"哗啦"了几下,音乐,噈,茶舞。哼,美国水兵浮远了。跳板上正有人往下跳,远远的,先伸平了胳臂,像十字架上的耶稣;溅起水花,那里必定很深,救生船。

啊，那个胖子是有道理的，脖子上套着太平圈，像条大绿蟒。青岛大概没有毒蛇？印度。一位赤脚而没穿浴衣的在水边上走，把香烟头扔在沙上，丁看了看铁篮——果皮零碎，掷入篮内。中国没进步多少！

"哈喽，丁。"从海里爬出个人鱼。

妓女拉着水兵也下了水，传染，应当禁止。

"孙！"丁露出白牙；看看两臂，很黑；黑脸白牙，体面不了；浪漫？

胖妇人下了海，居然也能浮着，力学，力学，怎么来着？噢，一入社会，把书本都忘了！过来一群学生，一个个黑得像鬼，骨头把浴衣支得净是棱角。海水浴，太阳浴，可是吃的不够，营养不足，一口海水，准死，问题！早晚两顿窝窝头，练习跑万米！

"怎着，丁？"孙的头发一缕一缕的流着水。

"来歇歇，不要太努力，空气硬，海水硬！"丁还想着身体问题；中国人应当练太极拳，真的。

走了一拨儿人，大概是一家子：四五个小孩，都提着小铁桶；四十多岁的一个妇人，"改组脚"，踵印在沙上特别深；两位姑娘，孙的眼睛跟着她们；一位五十多的男子，披着绣龙的浴袍。退职的军官！

岛那边起了一片黑云，炮台更绿了。

海里一起一浮，人头，太平圈，水沫，肩膀，尖尖的呼叫；黄头发的是西洋人，还看得出男女来。都动，心里都跳得快一些，不知成全了多少情侣，崂山，小船，饭店；相看好了，浑身上下，巡警查旅馆，没关系。

孙有情人。丁主张独身，说不定遇见理想的女郎也会结婚的。不，独身好，小孩子可怕。一百五，自己够了；租房子，买家具，雇老妈，生小孩，绝不够。性欲问题。解决这个问题，不必结婚。社会，封建思想，难！向哪个女的问一声也得要钻石戒指！

"孙，昨晚上你哪儿去了？"想着性欲问题。

"秉烛夜游，良有以也。"孙坐在丁旁边。退职的军官和家小已经不见了。

丁笑了，孙荒唐鬼，也挣一百五！还有情人。

不，孙不荒唐。凡事揩油；住招待所，白住；跟人家要跳舞票；白坐公众汽车，火车免票；海水浴不花钱，空气是大家的；一碗粥，二十锅贴，连小费一角五；一角五，一百五，他够花的，不荒唐，狡猾！

"丁,你的照相匣呢？"

"没带着。"

"明天用,上崂山,坐军舰去。"孙把脚埋在沙子里。

水兵上来了,臂上的刺花更蓝了一些,妓女的腿上有些灰癜,像些苔痕。

胖妇人的脸红得像太阳,腿有许多许多肉褶,刚捆好的肘子。

又走了好几群人,太阳斜了下去,走了一只海船,拉着点白线,金红的烟筒。

"孙,你什么时候回去？还有三天的假,处长可厉害！"

"我,黄鹤一去不复返,来到青岛,住在青岛,死于青岛,三岛主义,不想回去！"

那个家伙像刘,不是。失望！他乡遇故知。刘,幼年的同学,快乐的时期,一块跑得像对儿野兔。中学,开始顾虑,专门学校,算术不及格,毕了业。一百五,独身主义,不革命,爱国,中国有进步。水灾,跳舞赈灾,孙白得两张票;同女的一块去,一定！

"李处长？"孙想起来了,"给我擦屁股,不要！

告诉你，弄个阔女的，有了一切！你，我，专门学校毕业，花多少本钱？有姑娘的不给咱们给谁？咱们白要个姑娘么？你明白。中国能有希望，只要我们舒舒服服的替国家繁殖，造人。要饭的花子讲究有七八个，张公道，三十五,六子有靠；干什么？增加土匪，洋车夫。我们，我们不应当不对社会负责任，得多来儿女，舒舒服服的连丈人带夫人共值五十万，等于航空奖券的特奖！明白？"

"该走喽。"丁立起来。

"败败！估败！"孙坐着摇摇手，太阳光照亮他的指甲，"明天这儿见！古拉克！"

丁望了望，海中人已不多，剩下零散的人头，与救生船上的红旗，一块上下摆动，胖妇人，水兵，妓女，都不见了。音乐，远处有人吹着口琴。他去换衣服，噗—嘎—嘟嘟！马路上的汽车接连不断。

出来，眼角上瞭到一个顶红的嘴圈，上边一鼓一鼓的动，口香糖。过去了。腿，整个的黄脊背，高底鞋，脚踵圆亮得像个新下的鸡蛋。几个女学生唧唧的笑着，过去了。他提着湿的浴衣，顺着海滨公园走。大叶的洋梧桐摇着金黄的阳光,松把金黄的斜日吸到树干上;黄石,湿硬,看着白的浪花。

一百五。过去的渺茫,前游……海,山,岛,黄湿硬白浪的石头,白浪。美,美是一片空虚。事业,建设,中国的牌楼,洋房。跑过一条杂种的狗。中国有进步。肚中有点饿,黄花鱼,大虾,中国渔业失败,老孙是天才,国亡以后,他会白吃黄花鱼的。到哪里去吃晚饭?寂寞!水手拉着妓女,退职军官有妻子,老孙有爱人。丁只有一身湿的浴衣。皮肤黑了也是成绩。回到公事房去,必须回去,青岛不给我一百五。公事房,烟,纸,笔,闲谈,闹意见。共计一百五十元,扣所得税二元五角,支票一百四十七元五角,邮政储金二十五元零一分。把湿浴衣放在黄石上,他看着海,大自然的神秘。海阔天空,从袋中掏出漆盒,只剩了一支"小粉"包,没有洋火!海空气太硬,胸窄一点,把漆盒和看家的那支烟放回袋里。手插在腰间,望着海,山,远帆,中国的阿波罗!

…………

青岛与我

这是头一次在青岛过夏。一点不吹，咱算是开了眼。可是，只能说开眼；没有别的好处。就拿海水浴说吧，咱在海边上亲眼看见了洋光眼子！可是咱自家不敢露一手儿。大概您总可以想象得到：一个比长虫——就是蛇呀——还瘦的人儿，穿上上不着天，下不着地的浴衣，脖子上套着太平圈，浑身上下骨骼分明，端立海岸之上，这是不是故意的气人？即使大家不动气，咱也不敢往水里跳呀；脖子上套着皮圈，而只在沙土上"憧憬"，泄气本无不可，可也不能泄得出奇。咱只能穿着夏布大衫，远远的瞧着；偶尔遇上个异教卫道的人，相对微笑点首，叹风化之不良；其实他也跟我一样，不敢下水。海水浴没了咱的事。

白天上海岸，晚上呢自然得上跳舞场。青岛到夏天，的确是热闹：白舞女，黄舞女，黑舞女，都光着脚，脚指甲上涂得通红晶亮，鞋只是两根绊儿和两个高底。衣服，帽子，花样之多简直说不尽。按说咱既不敢下海，晚上似乎该去跳了，出点汗，活动活动。咱又没这个造化。第一，晚上一过九点就想睡；到舞场买票睡觉，似乎大可不必。第二呢，跳倒可以敷衍着跳一气，不过人家不踩咱的脚趾，而咱只踩人家的，虽说有独到之处，到底怪难以为情。莫若早早的睡吧，不招灾，不惹祸。况且这么规规矩矩，也足引起太太的敬意，她甚至想登报颂扬我的"仁政"，可是被我拦住了，我向来是不好虚荣的。

既不去赶热闹，似乎就该在家中找些乐事；唱戏，打牌，安无线广播机等等都是青岛时行的玩艺。以唱戏说，不但早晨在家中吊嗓子的很多，此地还有许多剧社，锣鼓俱全，角色齐备，倒怪有个意思。我应当加入剧社，我小时候还听过谭鑫培呢，当然有唱戏的资格。找了介绍人，交了会费，头一天我就露了一出《武家坡》。我觉得唱得不错，第二天早早就去了，再想露一出拿手的。等了足有两点钟吧。一个人也没来，社员们太不热心呀，我想。第三天我又去了，还是没人，这未免有点奇怪。坐了十来分钟我就出去了,在门口遇见了个小孩。"小孩,"我很和气的说,"这儿怎样老没人?"小孩原来是看守票房李六的儿子,知道不少事儿。"这两天没人来,因为呀,"小孩笑着看了我一眼,"前天有一位先生唱得像鸭子叫唤,所以他们都不来啦;前天您来了吗?"我摇了摇头,一声没出就回了家。回到家里,我一咂摸滋味,心里可真有点不得劲儿。可是继而一想呢,票友们多半是有习气的,也许我唱得本来很好,而他们"欺生"。这么一想,我就决定在家里独唱,不必再出去怄闲气。唱,我一个人可就唱开了,"文武代打",好不过瘾!唱到第三天,房东来了,很客气的请我搬家,房东临走,向敝太太低声说了句:"假若先生不唱呢,那就不必移动了,大家都是朋友!"太太自然怕搬家,先生自然怕太太,我首先声明我很讨厌唱戏。

我刚要去买播音机,邻居郑家已经安好,我心中不大好过。在青岛,什么事走迟了一步,风头就被别人出尽;我不必再花钱了,既然已叫郑家抢了先。再说呢,他们播放,我听得很真,何必一定打对仗呢。我决定等着听便宜的。郑家的机器真不坏,据说花了八百多块。每到早十点，他们必转弄那个玩艺。最初是像火车挂钩，嘎！哗啦，哗啦！哗啦了半天，好似怕人讨厌它太单调，忽然改了腔儿，细声细气的啕啕，像老牛害病时那样呻吟。猛古丁的又改了办法，啪啪，喔——喔，越来越尖，咯喳！我以为是院中的柳树被风刮折了一棵！这是前奏曲。一切静寂，有五分钟的样子，忽然兜着我的耳根子："南京！"也就是我呀，修养差一点的，管保得惊疯！吃了一丸子定神丸，我到底要听听南京怎样了。噢，原来南京的底下是——"王小姐唱《毛毛雨》"。这个《毛毛雨》可与众不同：第一声很足壮，第二声忽然像被风刮了走，第三声又改了火车挂钩，然后紧跟着刮风，下雨，打雷，空军袭击城市，海啸；《毛毛雨》当然听不到了。闹了一大阵，兜着我的耳根子——"北平！"我堵上了耳朵。早晨如是，下午如是，夜间如是；这回该我找房东去了。我搬了家。

还就是打个小牌，大概可以不招灾惹祸，可是我没有忍力。叫我打一圈吗，还可以；一坐下就八圈，我受不了。况且十几张牌，咱得把它们摆成五行，连这么办还有时把该留着的打出去。在我，这是消遣，慢慢的调动，考虑，点头，迟疑，原无不可；可是别人受得了吗。莫若多一事不如少一事，不必招人讨厌。

您说青岛这个地方，除了这些玩耍，还有什么可干的？干脆的说吧，我简直和青岛不发生关系，虽然是住在这里。有钱的人来青岛，好。上青岛来结婚，妙。爱玩的人来青岛，行。对于我，它是片美丽的沙漠。

对，有一件事我做还合适，而且很时行。娶个姨太太。是的，我得娶个姨太太。又体面，又好玩。对，就这么办啦。我先别和太太商量，而暗中储蓄俩钱儿。等到娶了姨太太之后，也许我便唱得比鸭子好听，打牌也有了忍力……您等我的喜信吧！

《天书代存》序

得一字一字的说明这四个字：天—书—代—存。"天"代表牛天赐。"书"是书信的书。"代"当代替讲，即狗拿老鼠多管闲事之意。"存"就是《胡适文存》的存。这么一解释，再把它们加在一起，就颇像个书名，而且是个很不坏的书名。"天书代存"，念起来声音很响；"天书"又满有《推背图》《烧饼歌》等字样所带着的神秘，而"代存"也和"亲善"一样有点鬼鬼祟祟，正自迎时当令。起个书名，有时候比写一大本书还难，特别是在这事事需要漂亮广告的时代。《天书代存》无疑的是个好书名，那么，它的内容如何，几乎可以不必过问了。这是个值得高兴的事。

不过，到底得说说它的内容，一来表示著者——或编订者——有相当的诚实，二来为是好往下写这篇序。

《牛天赐传》在《论语》上登完，陶亢德先生邀我继续往下写，作为《宇宙风》的特约长篇。我很愿意写，并非因为《牛天赐传》有什么惊天动地的地方，也非我对于传记文字特别有拿手，而是为每月进一些稿费。可是，我找不出工夫来写。人虽为稿费而生，但时间捆着我的手，我没法用根草绳把太阳拴住，如放风筝然。

有一天，我就跟赵少侯兄这么一发牢骚。敢情他有主意。他原来也是个崇拜牛天赐的，知道的事儿——关于牛天赐的——并不比我少。马上我们有了主意，合作好了。二人各就所知，把事实都搬出来，然后穿贯在一处，岂不只等提起笔来刷刷的一写。可是继而一想，谁去刷刷刷的一写呢？我忙，他没工夫，怎办？一人写一段又不大像话，因为无论我们把事实排列得怎样详密，文字到底是自己的；"风格即人"，我们不能因为要稿费而甘心变成矿物或植物，把"人"字撇开不管。我们不能。这几乎使我们要说：说点别的吧！

少侯兄又有了主意："你手里存着有牛天赐的信没有？"

"有些封；干吗？"我以为他要买我的呢。

"你看，我也有好些封，"他说，"而且存着些与他有关系的人的信。"

"还没听说开个铺子，专卖信件的！"我很不客气。

"你听着！"大概他是想好了主意，"把你我所存着的信都放在一处，然后按着年月的先后与信里的事实排列一番，就这么原封儿发表，既省得咱们动笔，又是一部很好的材料。假若将来有别人给他写传，还没法不利用这些封信。咱俩合编，报酬平分，怎样？"

我愿意，我一向以为既能省事又能得钱的办法是最好的办法。可是，"你存的比我多，当然搜集时所费的事也比我多；报酬似乎不应当平分。"这只是为显着我公道大方，完全没有诚意。

"可是牛天赐的第一部传记是你写的，你至少可以说你使这些封信增高了价值，虽然它们原来就有价值。还是平分。"

我不便再说什么，怕做过了火。可是我又想起来个问题："咱们替他发表，他，牛天赐，要是不答应呢？"

"管他呢！"少侯兄很有把握似的，"咱俩揍他一个，还有什么可怕的，假若他一定找揍的话。"

"武力就是正义。"我完全赞同他的意见。不幸,牛天赐而找《宇宙风》的编辑先生去捣蛋,我想我们俩是能长期抵抗的,因为我们现在是精诚团结,拥护稿费的。

最后,编订那些信也需要些时间。可是我们相信在暑假前无论如何能竣事;现在顶好先预支些发表费——不过,这是我俩与编辑先生之间的私事了。

鬼与狐

我所见过的鬼都是鼻眼俱全，带着腿儿，白天在街上溜达的。夜里出来活动的鬼，还未曾遇到过；不是他们的过错，而是因为我不敢走黑道儿。平均的说，我总是晚上九点后十点前睡觉，鬼们还未曾出来；一睁眼就又天亮了，据说鬼们是在鸡鸣以前回家休息的。所以我老与鬼们两不照面，向无交往。即使有时候鬼在半夜扒着窗户看看我，我向来是睡得如死狗一般，大概他们也不大好意思惊动我。据我推测，鬼的拿手戏是在吓唬人；那么，我夜间不醒，他也就没办法。就是他想一口冷气把我吹死，到底未能先使我的头发立起如刺猬的样子，他大概是不会过瘾的。

假若黑夜的鬼可以躲避，白天的鬼倒真没法儿防备。我不能白天也老睡觉。只要我一上街，总得遇上他。有时候在家中静坐,他会找上门来。夜里的鬼并不这样讨人嫌。还有呢,夜间的鬼有种种奇装异服与怪脸面,使人一见就知道鬼来了,如披散着头发,吐着舌头,走道儿没声音,和驾着阴风等等。这些特异的标帜使人先有个准备,能打呢就和他开仗,如若个子太高或样子太可怕呢,咱就给他表演个二百米或一英里竞走,虽然他也许打破我的纪录,而跑到前面去,可是到底我有个希望。白天的鬼,哼,比夜间的要厉害着多少倍,简直不知多少倍。第一,他不吐舌头,也不打旋风;他只在你不留神的时候,脚底下一绊,你准得躺下。他的样子一点也不见得比我难看,十之八九是胖胖的,一肚子鬼胎。他要能吓唬你,自然是见面就"虎"一气了;可是一般的说,他不"虎",而是嬉皮笑脸的讨人喜欢,等你中了他的计策之后,你才觉出他比棺材板还硬还凉。他与夜鬼的分别是这样:夜鬼拿人当人待,他至多不过希望拉个替身;白日鬼根本不拿人当人,你只是他的诡计中的一个环节,你永远逃不出他的圈儿。夜鬼大概多少有点委屈,所以白脸红舌头的出出恶气,这情有可原。白日鬼什么委屈也没有,他干脆要占别人的便宜。夜鬼不讲什么道德，因为他晓得自己是鬼；白日鬼很讲道德，嘴里讲，心里是男盗女娼一应俱全。更厉害的是他比夜鬼的心眼多，他知道怎样有组织，用大家的势力摆下迷魂大阵，把他所要收拾的一一的捉进阵去。在夜鬼的历史里，很少有大头鬼、吊死鬼等等联合起来作大规模运动的。白日鬼可就两样了，他们永远有团体，有计划，使你躲开这个，躲不开那个，早晚得落在他们的手中。夜鬼因为势力孤单，他知道怎样不专凭势力，而有时也去找个清官，如包老爷之流，诉诉委屈，而从法律上雪冤报仇。白日鬼不讲这一套，世上的包老爷多数死在他们的手里，更不用说别人了。这种鬼的存在似乎专为害人，就是害不死人，也把人气死。他们什么也晓得，只是不晓得怎样不讨厌。他们的心眼很复杂，很快，很柔软——像块皮糖似的怎揉怎合适，怎方便怎去。他们没有半点火气，地道的纯阴，心凉得像块冰似的，口中叼着大吕宋烟。

这种无处无时不讨厌的鬼似乎该有个名称，我想"不知死的鬼"就很恰当。这种鬼虽具有人形，而心肺则似乎不与人心人肺的标本一样。他在顶小的利益上看出天大的甜头，在极黑暗的地方看出美，找到享乐。他吃，他唱，他交媾，他不知道死。这种玩艺们把世界弄成了鬼的世界，有地狱的黑暗，而无其严肃。

鬼之外，应当说到狐。在狐的历史里，似乎女权很高，千年白狐总是变成妖艳的小娘子——可惜就是有时候露出点小尾巴。虽然有时候狐也变成白发老翁，可是究竟是老翁，少壮的男狐精就不大听说。因此，鬼若是可怕，狐便可怕而又可喜，往往使人舍不得她。她浪漫。

因为浪漫，狐似乎有点傻气，至少比"不知死的鬼"傻多了。修炼了千年或更长的时间才能化为人形，不刻苦的继续下功夫，却偏偏为爱情而牺牲，以至被张天师的张手雷打个粉碎，其愚不可及也。况且所爱的往往不是有汽车高楼的痴胖子，而是风流年少的穷书生；这太不上算了，要按着世上女鬼的逻辑说。

狐的手段也不高明。对于得罪他们的人，只会给饭锅里扔把沙子，或把茶壶茶碗放在厕所里去。这种办法太幼稚，只能恼人而不叫人真怕他们。于是人们请来高僧或捉妖的老道，门前挂上符咒，老少狐仙便即刻搬家。在这一点上，狐远不及鬼，更不及白日的鬼。鬼会在半夜三更叫唤几声，就把人吓得藏在被窝里出白毛汗，至少得烧点纸钱安慰安慰冤魂。至于那白日鬼就更厉害了，他会不动声色的，跟你一块吃喝的工夫，把你送到阴间去，到了阴间你还不知道是怎回事呢。

我以为说鬼说狐的故事与文艺大概多数的是为造成一种恐怖，故意的供给一种人为的哆嗦，好使心中空洞的人有些一想就颤抖的东西——神经的冷水浴。在这个目的以外，也许还有时候含着点教训，如鬼狐的报恩等等。不论是怎样吧，写这样故事的人大概都是为避免着人事，因为人事中的阴险诡诈远非鬼所能及；鬼的能力与心计太有限了，所以鬼事倒比较的容易写一些。至于鬼狐报恩一类的事，也许是求之人世而不可得，乃转而求诸鬼狐吧。

代语堂先生拟赴美宣传大纲

话说林语堂先生，头戴纱帽盔，上面两个大红丝线结子；遮目的是一对崂山水晶墨镜，完全接近自然，一点不合科学的制法。身上穿着一件宝蓝团龙老纱大衫，铜钮扣，没有领子——因为反对洋服的硬领，所以更进一步的爽性光着脖子。脚上一双青大缎千层底圆口皂鞋，脚脖儿上豆青的绸带扎住裤口。右手里一把斑竹八根架纸扇，一面画的是淡墨山水，一面自己写的一小段《舒白香游山日记》——写得非常的好，因为每个字旁都由林先生自己画了双圈。左手提着云南制的水烟袋，托子是珐琅的，非常的古艳。

林先生的身上自然还有别的东西，一一的说来未免有点烦絮；总而言之，他身上没有一件足以惹人怀疑是否国产的物品。这倒不全为提倡国货；每一件东西都是顶古雅精美的，顺手儿也宣传着东方文化。

林先生本打算雇一条带帆的渔船，或西湖上的游艇，在太平洋里一面钓着鱼，一面缓缓前进。这个办法既足以证实他的艺术生活，又足以使两个老渔夫或一对船娘能自食其力的挣口饭吃——后者恐怕是这个计划的主要目的。不过，即使大家都不怕慢，走上三五个月满不在乎，可是小船——虽然是那么有画意——恐怕干不过海洋里的风浪。真要是把老渔夫或船娘都喂了海鱼，未免有悖于人道主义。算了吧，只好坐海船吧。

为减少轮船上的俗气与洋味，林先生带着个十岁的小书童：头上梳着两个抓髻，系着鲜红的头绳。林先生坐在甲板上的藤椅上，书童捧着瑶琴一旁侍立。琴上无弦，省得去弹；只是个"意思"而已。

一"海"无话，林先生吃得胖胖的，就到了美国。船一到码头，新闻记者如蜜蜂一般拥上前来，全是找林先生的。林先生命书童点起檀香，提着景泰蓝香炉在前引路，徐徐的前进。新闻记者围上前来，林先生深感不快，乃曼声曰："吾乃——'吾国吾民'之著者是也！没别的可说！"众畏其威，乃退。不过，林先生的相，在他没甚留神的时候，已被他们照了去；在当日的晚报就登印出来。

歇兵三日，林先生拟出宣传大纲：

一、男人应否怕老婆——阳纲不振为西方文化之大毛病。予之来所以使懦夫立也——林先生的文字是文言与白话两掺着的，特别是在草拟大纲的时候。公鸡打鸣，母鸡生蛋，天然有别。不可强易。男女平等，本是男的种田，女的纺线，各尽其职之谓。反之，像英美各国，男儿拼命挣钱，老婆不管洗衣作饭；哪道婚姻，什么平等！妇道不修，于是在恋爱之前已打听好怎样离婚，以便争取生活费，哀哉！中国古圣先贤都说夫为妻纲，已预知此害；西方无此种圣人，故大吃其亏。宜速迎东方活圣人一位，封为国师！

二、男人怎样可以不怕老婆——在今日的中国，怕老婆者穿洋服。与夫人同行，代她拿伞，抱孩子。洋服者，西洋之服，自古已然，怕老婆非一日矣！为今之计，西洋男子应马上改穿中服，以免万劫茫茫。中服威严，虽贾波林穿上亦无局促瘦窘之相。望而生畏，女人不敢大发雌威矣。中服舒服，男人知道求舒服，女人即知责任之所在；反之，自上锁镣，硬领皮鞋，以示甘受苦刑，则女人见景生情，必使跪着顶灯；猛醒吧，西洋男子！中服使人安详自在。气度安详，则威而不猛，增高身份。譬若老婆发了命令，穿大衫之丈夫可漫应之，Yes, dear；而许久不动，直至对方把命令改成央求，乃徐徐起立。穿西服之丈夫鲜能为此：洋服表示干净利落之精神，一闻令下，必须疾驱而前，显出敏捷脆快；Yes, dear，未及说完，早已一道闪光而去，脸上笑容充满宇宙。久之，夫人并发令之劳且厌之，而眉指颐使，丈夫遂成了专看眼神的动物！这还了得，西洋男子必须革命！

三、中西文化及其苍蝇——东方人的闲适，使苍蝇也得到自由；西方人的固执，苍蝇大受压迫。世界大同，虽是个理想，但总有实现之一日。以苍蝇言，在大同主义之下，必有其东方的自由，而受过西方科学的洗礼；"明日"之苍蝇必为消毒的苍蝇，活泼泼的而不负传染恶疾的责任。此事虽小，足以喻大；明乎此，可与言东西文化之交映成辉矣。（此项下还有许多节目，如中西文化及其蜈蚣，中西文化及其青蛙等，即不备录。）

四、东西的艺术及其将来：西方的艺术大体上说来，总免不了表现肉感，裸体画与雕刻是最明显的例子。东方的艺术，反之，却表现着清涤肉感，而给现实生活一些云烟林水之气。由这一点上来看，西方的精神是斑斓猛虎，有它的猛勇，活跃，及直爽；东方的精神是淡远的秋林，有它的安闲，静恬，及含蓄。这样说来，仿佛各有所长，船多并不碍江。可是细那么一想，则东方的精神实在是西方文化的矫正，特别是在都市文化发达到出了毛病的时候——像今日。西方今日之需要静恬，就是没别的更好的办法，至少也须常常看到一种秋江夕照的图画（如林先生扇子上所画的那个），常常听到一种平沙落雁的音乐，而把客厅里悬着的大光眼儿，二光眼儿，一律暂时收起。光屁股艺术有它的直爽与健康，但乐园的亚当与夏娃并非只以一丝不挂为荣，还有林花虫蝶之乐。况且假若他俩多注意些花鸟之趣，而一心无邪，恐怕到如今还住在那里——闲着画几幅山水儿什么的，给天使们鉴赏，岂不甚好？！

五、吾国与吾民——有书为证，顶好大家手执一册，焚香静读，你们多得些知识，我多收点版税，两有益的事儿。

六、幽默的意义与技巧——专为美国大学生讲；女生暂不招待，以使听完不懂得发笑，大杀风景。

七、中国今日的文艺——专为研究比较文学的讲演，听讲时须各携烟斗或香烟与洋火。讲题：(1)《论语》的创始与发展。(2)《人间世》的生灭。(3)《宇宙风》怎样刮风。

相片

在今日的文化里,相片的重要几乎胜过了音乐、图画与雕刻等等。在一个摩登的家庭里,没有留声机,没有名人字画,没有石的或铜的刻像,似乎还可以下得去;设若没几张相片,或一二相片本子,简直没法活下去!不用说是一个家庭,就是铺户、旅馆、火车站、学生宿舍,没有相片就都不像一回事。电车上"谨防扒手"的下面要是没有几片四寸的半身照相,就一定显着空洞。水手们身上要是不带着几张最写实不过的妖精打架二寸艺术照相,恐怕海上的生活就要加倍难堪了。想想看,一个设备很完全的学校,而没有年刊或同学录,一个政府机关里而没有些张窄长的这个全体与那个周年的相片!至于报纸与杂志,哼,就是把高尔基的相误注为托尔斯泰的,也比空空如也强!投考、领护照、定婚、结婚、拜盟兄弟，哪一样可以没有相片？即使你天生来的反对照相，你也得去照；不然，你就连学校也不要入，连太太也不用娶，你乘早儿不用犯这个牛脖子——"请笑一点"，你笑就是了。儿童、妇女、国货、航空，都有"年"。年，究竟是年，今年甲子，明年乙丑，过去就完事；至于照相，这个世纪整个的是"照相世纪"；想想，你逃得出去吗？

还是先说家庭吧。比如你的屋中挂着名家的字画，还有些古玩，雅是雅了，可是第一你就得防贼，门上加双锁，窗上加铁栅，连这样，夜间有个风声草动，你还得咳嗽几声；设若是明火，进来十几位蒙面的好汉，大概你连咳嗽也不敢了。这何苦呢？相片就没这种危险，谁也不会把你父亲的相偷去当他的爸爸，这不是实话么？

就满打没这个危险，艺术作品或古玩也远不及相片的亲切与雅俗共赏。一张名画，在普通的人眼中还不如理发馆壁上所悬的"五福临门"，而你的朋友亲戚不见得没有普通人。你夸奖你的名画，他说看不上眼，岂不就得打吵子？相片人人能看得懂，而且就是照得不见佳也会有人夸好。比如令尊的相片加了漆金框悬在墙上，多么笨的人也不会当着你的面儿说："令尊这个相还不如五福临门好看！"绝对不会。即使那个相真不好看，人家也得说："老爷子福相，福相！"至不济，也会夸奖句："框子配得真好！"

以此类推，尊家自己，尊夫人，令郎令媛，都有相片，都能得到好评，这够多么快活呢？！况且相片遮丑，尊家面上的麻子，与尊夫人脸上的小沙漠似的雀斑，都不至于照上；你自己看着起劲，朋友们也不必会问："照片上怎么忘掉你的麻子？"站在一张图画前面，不管懂与否，谁都想批评批评，为表示自己高明，当着一个人，谁也不愿对他的面貌发表意见；看相片也是如此。

有相片就有话说，不至于宾主对愣着。

"这是大少爷吧？"

"可不是！上美国读书去了。"

"近来有信吧？"

打这儿，就由大少爷谈到美国，又由美国谈回来，碰巧了就二反投唐再谈回美国去，话是越说越多，而且可以指点着相片而谈，有诗为证：句句是真，交情乃厚。

最好是有一二相片本子。提到大少爷，马上拿出本子来：

"这是他满月时候照的，他生在福州，那时先严正在福州做官。"话又远去了，足够写三四本书的。假若没有这可宝贵的本子，你怎好意思突乎其来的说：先严在福州作过官？而使朋友吓一跳，当是你的脑子有毛病。

遇上两位话不投缘，而屡有冲突起来的危险的客人，相片本子——顶好是有两本——真是无价之宝。一看两位的眼神不对，你应当很自然的一人递给一本。他们正在，比如说，为袁世凯是否伟人而要瞪眼的时候，你把大少爷生在福州，和二小姐已经定婚的照片翻开，指示给他们。他们一个看福州生的胖小子，一个看将要成为新娘子的二小姐，自然思想换了地方，一个问你一套话，而袁世凯或者不成为问题了。要不然，这个有很大的危险。假若你没有相片本子，而二位抓住袁世凯不撒手，你要往折中里一说，说二位各有各的理，他们一定都冲着你来了；寡不敌众，你没调停好，还弄一鼻子灰。你要是向着一边说话，不用说，那就非得罪一边不可，也许因此而飞起茶碗——在你家里，茶碗自然是你的。你要是一声不出，听着他们吵，赶到彼此已说无可说而又不想打架的时候，他们就会都抱怨你不像个朋友。你若是不分青红皂白而把客人一齐逐出去，那就更糟，他们也许在你的门口吵嚷一阵，而同声的骂你不懂交情。总之，你非预备两个本子不可！

赶到朋友多的时候，你只有一张嘴，无论如何也应酬不过来，相片本子可以替你招待客人。找那不爱说话的，和那顶爱说话的，把本子送过去；那位一声不出的可以不至死板板的坐在那里，那位包办说话的也不好再转着弯儿接四面八方的话。把这两极端安置好，你便可以从容对付那些中庸的客人了。这比茶点果子都更有效。爱说话的人，宁可牺牲了点心，也不放弃说话。至于茶，就更不挡事；爱说话的人会一劲儿的说，直等茶凉了，一口灌下去，赶紧接着再说。果子也不行，有人不喜欢吃凉的，让到了他，他还许摆出些谱儿来："一向不大动凉的，不过偶尔的吃一个半个的，假如有玫瑰香葡萄之类！"你听，他是挖苦你没预备好果子。相片本子既比茶点省钱，又不至被人拒绝，大概谁也不会说，"一向讨厌看相片！"

相片里有许多人生的姿体，打开一本照相，你可以有许多带着感情的话。假若你现在的事由不如从前了，看看相片，你可以对友人说："这是前十年的了，那时候还不像这么狼狈！"这种牢骚是哀而不伤的，因为现在狼狈，并不能抹杀过去的光荣，回忆永是甜美的，对于兄弟儿女，都能起这种柔善的感情："看，这是当年的老六，多么体面，谁能想到他会……"你虽然依旧恨着老六，可是看着当年的照片，你到底想要原谅他。看着相片说些富有感情的话，你自己痛快，别人听着也够味儿。设若你会作诗的话，顶好在相片边题上些小诗，就更见出人生的味道。

不过，有些相片是不好摆进本子去的，你应当留神。歪戴帽或弄鬼脸的，甚至于扮成十三妹的相片，都可以贴上，因为这足以表示你颇天真，虽然你在平日是个完全的君子人，可是心田活泼泼的，也能像孩子般的淘气，这更见英雄的本色。至于背着尊夫人所接到的女友小照，似乎就不必公开的展览。爽直是可贵的，可是也得有个分寸。这个，你自然晓得；不过，我更嘱咐你一句：这类的相片就是藏起来也得要十分的严密，太太们对这种玩艺是特别注意的。

番表

——在火车上

我俩的卧铺对着脸。他先到的。我进去的时候，他正在和茶房捣乱；非我解决不了。我买的是顺着车头这面的那张，他自然是顺着车尾。他一定要我那一张，我进去不到两分钟吧，已经听熟了这句："车向哪边走，我要哪张！"茶房的一句也被我听熟了："定的哪张睡哪张，这是有号数的！"只看我让步与否了。我告诉了茶房："我在哪边也是一样。"

他又对我重念了一遍："车向哪边走，我就睡哪边！"

"我翻着跟头睡都可以！"我笑着说。

他没笑，眨巴了一阵眼睛，似乎看我有点奇怪。

他有五十上下岁，身量不高，脸很长，光嘴巴，唇稍微有点包不住牙；牙很长很白，牙根可是有点发黄，头剃得很亮，眼睛时时向上定一会儿，像是想着点什么不十分要紧而又不愿忽略过去的事。想一会儿，他摸摸行李，或掏掏衣袋，脸上的神色平静了些。他的衣裳都是绸子的，不时髦而颇规矩。

对了，由他的衣服我发现了他的为人，凡事都有一定的讲究与规矩，一点也不能改。睡卧铺必定要前边那张，不管是他定下的不是。

车开了之后，茶房来铺毯子。他又提出抗议，他的枕头得放在靠窗的那边。在这点抗议中，他的神色与言语都非常的严厉，有气派。枕头必放在靠窗那边是他的规矩，对茶房必须拿出老爷的派头，也是他的规矩。我看出这么点来。

车刚到丰台，他嘱咐茶房："到天津，告诉我一声！"

看他的行李，和他的神气，不像是初次旅行的人，我纳闷为什么他在这么早就张罗着天津。又过了一站，他又嘱咐了一次。茶房告诉他："还有三点钟才到天津呢。"这又把他招翻："我告诉你，你就得记住！"等茶房出去，他找补了声："混账！"

骂完茶房混账，他向我露了点笑容；我幸而没穿着那件蓝布大衫，所以他肯向我笑笑，表示我不是混账。笑完，他又拱了拱手，问我"贵姓？"我告诉了他；为是透着和气，回问了一句，他似乎很不愿意回答，迟疑了会儿才说出来。待了一会儿，他又问我："上哪里去？"我告诉了他，也顺口问了他。他又迟疑了半天，笑了笑，定了会儿眼睛："没什么！"这不像句话。我看出来这家伙处处有谱儿，一身都是秘密。旅行中不要随便说出自己的姓，职业，与去处；怕遇上绿林中的好汉；这家伙的时代还是《小五义》的时代呢。我忍不住的自己笑了半天。

到了廊房，他又嘱咐茶房："到天津，通知一声！"

"还有一点多钟呢！"茶房瞭他一眼。

这回，他没骂"混账"，只定了会儿眼睛。出完了神，他慢慢的轻轻的从铺底下掏出一群小盒子来：一盒子饭，一盒子煎鱼，一盒子酱菜，一盒子炒肉。叫茶房拿来开水，把饭冲了两过，而后又倒上开水，当作汤，极快极响的扒搂了一阵。这一阵过去，偷偷的夹起一块鱼，细细的咂，咂完，把鱼骨扔在了我的铺底下。又稍微一定神，把炒肉拨到饭上，极快极响的又一阵。头上出了汗。喊茶房打手巾。

吃完了，把小盒中的东西都用筷子整理好，都闻了闻，郑重的放在铺底下，又叫茶房打手巾。擦完脸，从袋中掏出银的牙签，细细的剔着牙，剔到一段落，就深长饱满的打着响嗝。

"快到天津了吧？"这回是问我呢。

"说不甚清呢。"我这回也有了谱儿。

"老兄大概初次出门？我倒常来常往！"他的眼角露出轻看我的意思。

"嗳，"我笑了，"除了天津我全知道！"

他定了半天的神，没说出什么来。

查票。他忙起来，从身上掏出不知多少纸卷，一一的看过，而后一一的收起，从衣裳最深处掏出，再往最深处送回，我很怀疑是否他的胸上有几个肉袋。最后，他掏出皮夹来，很厚很旧，用根鸡肠带捆着。从这里，他拿出车票来，然后又掏出个纸卷，从纸卷中检出两张很大、盖有血丝胡拉的红印的纸来。一张写着——我不准知道——像蒙文，那一张上的字容或是梵文，我说不清。把车票放在膝上，他细细看那两张文书，我看明白了：车票是半价票，一定和那两张近乎李白醉写的玩艺有关系。查票的进来，果然，他连票带表全递过去。

下回我要再坐火车，我当时这么决定，要不把北平图书馆存着的档案拿上几张才怪！

车快到天津了，他忙得不知道怎好了，眉毛拧着，长牙露着，出来进去的打听："天津吧？"仿佛是怕天津丢了似的。茶房已经起誓告诉他："一点不错，天津！"他还是继续打听。入了站，他急忙要下去，又不敢跳车，走到车门又走了回来。刚回来，车立定了，他赶紧又往外跑，恰好和上来的旅客与脚夫顶在一处，谁也不让步，激烈的顶着。在顶住不动的工夫，他看见了站台上他所要见的人。他把嘴张得像无底的深坑似的，拼命的喊："凤老！凤老！"

凤老摇了摇手中的文书，他笑了；一笑懈了点劲，被脚夫们给挤在车窗上绷着。绷了有好几分钟，他钻了出去。看，这一路打拱作揖，双手扯住凤老往车上让，仿佛到了他的家似的，挤撞拉扯，千辛万苦，他把凤老拉了上来。忙着倒茶，把碗中的茶底儿泼在我的脚上。

坐定之后，凤老详细的报告：接到他的信，他到各处去取文书，而后拿着它们去办七五折的票。正如同他自己拿着的番表，只能打这一路的票；他自己打到天津，北宁路；凤老给打到浦口，津浦路；京沪路的还得另打；文书可已经备全了，只须在浦口停一停，就能办妥减价票。说完这些，凤老交出文书，这是津浦路的，那是京沪路的。这回使我很失望，没有藏文的。张数可是很多，都盖着大红印，假如他愿意卖的话，我心里想，真想买他两张，存作史料。

他非常感激凤老，把文书车票都收入衣服的最深处，而后从枕头底下搜出一个梨来，非给凤老吃不可。由他们俩的谈话中，我听出点来，他似乎是司法界的，又似乎是作县知事的，我弄不清楚，因为每逢凤老要拉到肯定的事儿上去，他便瞭我一眼，把话岔开。凤老刚问到，唐县的情形如何，他赶紧就问五嫂子好？凤老所问的都不得结果，可是我把凤老家中有多少人都听明白了。

最后，车要开了，凤老告别，又是一路打拱作揖，亲自送下去，还请凤老拿着那个梨，带回家给小六儿吃去。

车开了,他扒在玻璃上喊:"给五嫂子请安哪!"

车出了站,他微笑着,掏出新旧文书,细细的分类整理。整理得差不多了,他定了一会儿神,喊茶房:"到浦口,通知一声!"

我的理想家庭

一个二十多岁的小伙子,讲恋爱,讲革命,讲志愿,似乎天地之间,唯我独尊,简直想不到组织家庭——结婚即是爱的坟墓,家庭根本上是英雄好汉的累赘。及至过了三十,革命成功与否,事情好歹不论,反正领略够了人情世故,壮气就差点事儿了。虽然明知家庭之累,等于投胎为马为牛,可是人生总不过如此,多少也都得经验一番,既不坚持独身,结婚倒也还容易。于是发帖子请客,笑着开驶倒车,苦乐容或相抵,反正至少凑个热闹。到了四十,儿女已有二三,贫也好富也好,自己认头苦曳,对于年轻的朋友已经有好些个事儿说不到一处,而劝告他们老老实实的结婚,好早生儿养女,即是话不投缘的一例。到了这个年纪,设若还有理想,必是理想的家庭。倒退二十年,连这么一想也觉泄气。人生的矛盾可笑即在于此，年轻力壮，力求事事出轨，决不甘为火车；及至中年，心理的，生理的，种种理的什么什么，都使他不但非坐火车不可，且坐货车焉。把当初与现在一比较，判若两人，足够自己笑半天的！或有例外，实不多见。

明年我就四十了，已具说理想家庭的资格：大不必吹，盖亦自嘲。

我的理想家庭要有七间小平房：一间是客厅，古玩字画全非必要，只要几张很舒服宽松的椅子，一二小桌。一间书房，书籍不少，不管什么头版与古本，而都是我所爱读的。一张书桌，桌面是中国漆的，放上热茶杯不至烫成个圆白印儿。文具不讲究，可是都很好用。桌上老有一两枝鲜花，插在小瓶里。两间卧室，我独据一间，没有臭虫，而有一张极大极软的床。在这个床上，横睡直睡都可以，不论怎睡都一躺下就舒服合适，好像陷在棉花堆里，一点也不硬碰骨头。还有一间，是预备给客人住的。此外是一间厨房，一个厕所，没有下房，因为根本不预备用仆人。家中不要电话，不要播音机，不要留声机，不要麻将牌，不要风扇，不要保险柜。缺乏的东西本来很多，不过这几项是故意不要的，有人白送给我也不要。

院子必须很大。靠墙有几株小果木树。除了一块长方的土地，平坦无草，足够打开太极拳的，其他的地方就都种着花草——没有一种珍贵费事的，只求昌茂多花。屋中至少有一只花猫，院中至少也有一两盆金鱼；小树上悬着小笼，二三绿蝈蝈随意地鸣着。

这就该说到人了。屋子不多，又不要仆人，人口自然不能很多：一妻和一儿一女就正合适。先生管擦地板与玻璃，打扫院子，收拾花木，给鱼换水，给蝈蝈一两块绿王瓜或几个毛豆；并管上街送信买书等事宜。太太管做饭，女儿任助手——顶好是十二三岁，不准小也不准大，老是十二三岁。儿子顶好是三岁，既会讲话，又胖胖的会淘气。母女于做饭之外，就做点针线，看小弟弟。大件衣服拿到外边去洗，小件的随时自己涮一涮。

既然有这么多工作，自然就没有多少工夫去听戏看电影。不过在过生日的时候，全家就出去玩半天；接一位亲或友的老太太给看家。过生日什么的永远不请客受礼，亲友家送来的红白帖子，就一概扔在字纸篓里，除非那真需要帮助的，才送一些干礼去。到过节过年的时候，吃食从丰，而且可以买一通纸牌，大家打打"索儿胡"，赌铁蚕豆或花生米。

男的没有固定的职业；只是每天写点诗或小说，每千字卖上四五十元钱。女的也没事做，除了家务就读些书。儿女永不上学，由父母教给画图，唱歌，跳舞——乱蹦也算一种舞法——和文字，手工之类。等到他们长大，或者也会仗着绘画或写文章卖一点钱吃饭；不过这是后话，顶好暂且不提。

这一家子人，因为吃得简单干净，而一天到晚又不闲着，所以身体都很不坏。因为身体好，所以没有肝火，大家都不爱闹脾气。除了为小猫上房，金鱼甩子等事着急之外，谁也不急赤白脸的。

大家的相貌也都很体面，不令人望而生厌。衣服可并不讲究，都做得很结实朴素：永远不穿又臭又硬的皮鞋。男的很体面，可不露电影明星气；女的很健美，可不红唇卷毛的鼻子朝着天。孩子们都不卷着舌头说话，淘气而不讨厌。

这个家庭顶好是在北平，其次是成都或青岛，至坏也得在苏州。无论怎样吧，反正必须在中国，因为中国是顶文明顶平安的国家；理想的家庭必在理想的国内也。

有了小孩以后

艺术家应以艺术为妻，实际上就是当一辈子光棍儿。在下闲暇无事，往往写些小说，虽一回还没自居过文艺家，却也感觉到家庭的累赘。每逢困于油盐酱醋的灾难中，就想到独人一身，自己吃饱便天下太平，岂不妙哉。

家庭之累，大半由儿女造成。先不用提教养的花费，只就淘气哭闹而言，已足使人心慌意乱。小女三岁，专会等我不在屋中，在我的稿子上画圈拉杠，且美其名曰"小济会写字"！把人要气没了脉，她到底还是有理！再不然，我刚想起一句好的，在脑中盘旋，自信足以愧死莎士比亚，假若能写出来的话。当是时也，小济拉拉我的肘，低声说："上公园看猴？"于是我至今还未成莎士比亚。小儿一岁整，还不会"写字"，也不晓得去看猴，但善亲亲，闭眼，张口展览上下四个小牙。我若没事，请求他闭眼，露牙，小胖子总会东指西指的打岔。赶到我拿起笔来，他那一套全来了，不但亲脸，闭眼，还"指"令我也得表演这几招。有什么办法呢？！

这还算好的。赶到小济午后不睡，按着也不睡，那才难办。到这么四点来钟吧，她的困闹开始，到五点钟我已没有人味。什么也不对，连公园的猴都变成了臭的，而且猴之所以臭，也应当由我负责。小胖子也有这种困而不睡的时候，大概多数是与小济同时发难。两位小醉鬼一齐找毛病，我就是诸葛亮恐怕也得唱空城计，一点办法没有！在这种干等束手被擒的时候，偏偏会来一两封快信——催稿子！我也只好闹脾气了。不大一会儿，把太太也闹急了，一家大小四口，都成了醉鬼，其热闹至为惊人。大人声言离婚，小孩怎说怎不是，于离婚的争辩中瞎打混。一直到七点后，二位小天使已困得动不得，离婚的宣言才无形的撤销。这还算好的。遇上小胖子出牙，那才真教厉害，不但白天没有情理，夜里还得上夜班。一会儿一醒，若被针扎了似的惊啼，他出牙，谁也不用打算睡。他的牙出利落了，大家全成了红眼虎。

不过，这一点也不妨碍家庭中爱的发展，人生的巧妙似乎就在这里。记得Frank Harris仿佛有过这么点记载：他说王尔德为那件不名誉的案子过堂被审，一开头他侃侃而谈，语多幽默。及至原告提出几个男妓作证人，王尔德没了脉，非失败不可了。Harris以为王尔德必会说："我是个戏剧家，为观察人生，什么样的人都当交往。假若我不和这些人接触，我从哪里去找戏剧中的人物呢？"可是，王尔德竟自没这么答辩，官司就算输了！

把王尔德且放在一边；艺术家得多去经验，Harris的意见，假若不是特为王尔德而发的，的确是不错。连家庭之累也是如此。还拿小孩们说吧——这才来到正题——爱他们吧，嫌他们吧，无论怎说，也是极可宝贵的经验。

在没有小孩的时候，一个人的世界还是未曾发现美洲的时候的。小孩是科仑布，把人带到新大陆去。这个新大陆并不很远，就在熟习的街道上和家里。你看，街市上给我预备的，在没有小孩的时候，似乎只有理发馆，饭铺，书店，邮政局等。我想不出婴儿医院，糖食店，玩具铺等等的意义。连药房里的许许多多婴儿用的药和粉，报纸上婴儿自己药片的广告，百货店里的小袜子小鞋，都显着多此一举，劳而无功。及至小天使自天飞降，我的眼睛似乎戴上了一双放大镜，街市依然那样，跟我有关系的东西可是不知增加了多少倍！婴儿医院不但挂着牌子，敢情里边还有医生呢。不但有医生，还是挺神气，一点也得罪不得。拿着医生所给的神符，到药房去，敢情那些小瓶子小罐都有作用。不但要买瓶子里的白汁黄面和各色的药饼，还得买瓶子罐子，轧粉的钵，量奶的漏斗，乳头，卫生尿布，玩艺多多了！百货店里那些小衣帽，小家具，也都有了意义；原先以为多此一举的东西，如今都成了非它不行；有时候铺中缺乏了我所要的那一件小物品，我还大有看不起他们的意思：既是百货店，怎能不预备这件东西呢？！慢慢的，全街上的铺子，除了金店与古玩铺，都有了我的足迹；连当铺也走得怪熟。铺中人也渐渐熟识了，甚至可以随便闲谈，以小孩为中心，谈得颇有味儿。伙计们，掌柜们，原来不仅是站柜作买卖，家中还有小孩呢！有的铺子，竟自敢允许我欠账，仿佛一有了小孩，我的人格也好了些，能被人信任。三节的账条来得很踊跃，使我明白了过节过年的时候怎样出汗。

小孩使世界扩大，使隐藏着的东西都显露出来。非有小孩不能明白这个。看着别人家的孩子，肥肥胖胖，整整齐齐，你总觉得小孩们理应如此，一生下来就戴着小帽，穿着小袄，好像小雏鸡生下来就披着一身黄绒似的。赶到自己有了小孩，才能晓得事情并不这么简单。一个小娃娃身上穿戴着全世界的工商业所能供给的，给全家人以一切啼笑爱怨的经验，小孩的确是位小活神仙！

有了小活神仙，家里才会热闹。窗台上，我一向认为是摆花的地方。夏天呢，开着窗，风儿轻轻吹动花与叶，屋中一阵阵的清香。冬天呢，阳光射到花上，使全屋中有些颜色与生气。后来，有了小孩，那些花盆很神秘的都不见了，窗台上满是瓶子罐子，数不清有多少。尿布有时候上了写字台，奶瓶倒在书架上。大扫除才有了意义，是的，到时候非痛痛快快的收拾一顿不可了，要不然东西就有把人埋起来的危险。上次大扫除的时候，我由床底下找到了但丁的《神曲》。不知道这老家伙干吗在那里藏着玩呢！

人的数目也增多了，而且有很多问题。在没有小孩的时候，用一个仆人就够了，现在至少得用俩。以前，仆人"拿糖"，满可以暂时不用；没人作饭，就外边去吃，谁也不用拿捏谁。有了小孩，这点豪气乘早收起去。三天没人洗尿布，屋里就不要再进来人。牛奶等项是非有人管理不可，有儿方知卫生难，奶瓶子一天就得烫五六次；没仆人简直不行！有仆人就得捣乱，没办法！

好多没办法的事都得马上有办法，小孩子不会等着"国联"慢慢解决儿童问题。这就长了经验。半夜里去买药，药铺的门上原来有个小口，可以交钱拿药，早先我就不晓得这一招。西药房里敢情也打价钱，不等他开口，我就提出："还是四毛五？"这个"还是"使我省五分钱，而且落个行家。这又是一招。找老妈子有作坊，当票儿到期还可以入利延期，也都被我学会。没工夫细想，大概自从有了儿女以后，我所得的经验至少比一张大学文凭所能给我的多着许多。大学文凭是由课本里掏出来的，现在我却念着一本活书，没有头儿。

连我自己的身体现在都会变形，经小孩们的指挥，我得去装马装牛，还须装得像个样儿。不但装牛像牛，我也学会牛的忍性，小胖子觉得"开步走"有意思，我就得百走不厌；只作一回，绝对不行。多咱他改了主意，多咱我才能"立正"。在这里，我体验出母性的伟大，觉得打老婆的人们满该下狱。

中秋节前来了个老道，不要米，不要钱，只问有小孩没有？看见了小胖子，老道高了兴，说十四那天早晨须给小胖子左腕上系一根红线。备清水一碗，烧高香三炷，必能消灾除难。右邻家的老太太也出来看，老道问她有小孩没有，她惨淡的摇了摇头。到了十四那天，倒是这位老太太的提醒，小胖子的左腕上才拴了一圈红线。小孩子征服了老道与邻家老太太。一看胖手腕的红线，我觉得比写完一本伟大的作品还骄傲，于是上街买了两尊兔子王，感到老道，红线，兔子王，都有绝大的意义！

搬家

一提议说搬家,我就知道麻烦又来了。住着平安,不吵不闹,谁也不愿搬动。又不是光棍一条,搬起来也省事。既然称得起"家",这至少起码是夫妇两个,往往彼此意见不合,先得开几次联席会议,结果大家的主张不得不折中。谁去找房,这个说,等我找到得几时,我又得教书,编讲义,写文章,而且专等星期去找;况且我男人家又粗心又马虎,还是你去吧。那个说,一个女人家东家进,西家出,"眼观六路耳听八方"都得看仔细,打听明白,就是看妥了,和房东办交涉也是不善,全权通交在一人身上,这个责任,确是不轻。

没有法子,只得第二天就去实行,一路上什么也引不起注意,就看布告牌上的招租帖,墙角上,热闹口上通都留神,这还不算。有的好房就不贴条子,也不请银行信托部来管，这可不好办。一来二去的自己有了点发现，凡是窗户上没有窗帘子，你就可拍门去问。虽然看不中意，但是比较起所看的房确是强的多。

住惯北平的房子，老希望能找到一个大院子。所以离开北平之后，无论到天津，济南，汉口，上海，以至青岛，能找到房子带个大院子，真是少有。特别是在青岛，你能找到独门独院，只花很少的租价，就简直可说没有。除非你真有腰包，可以大大的租上座全楼。

我就不喜欢一个楼，分楼上一家，楼下一家，或是楼分四家住。这样住在楼上的人多少总是占便宜的。楼下的可就倒霉。遇见清净孩子少的还好，遇见好热闹，有嗜好的，孩子多的，那才叫活糟。而且还注意同楼是不是好养狗。这是经验告诉我，一条狗得看新养的，还是旧有的。青岛的狗种，可属全世界的了，三更半夜，嚎出的声真能吓得你半夜不能安睡。有了狗群，更不得安生，决斗声，求爱声，乳狗声，比什么声音都复杂热闹。这个可不敢领教了！

其次看同楼邻居如何；人口，年龄，籍贯，职业，都得在看房之际顺口答音的，探听清楚。比如说吧，这家是南方人，老太太是湖北的，少奶奶是四川的，少爷是在港务局作事，孩子大小三个；这所楼我虽看的还合适，房间大，阳光充足，四壁厕所厨房都干净，可是一看这家邻居，心就凉爽了。第一老太太是南方的我先怕。这并不是说对于南方的老太太有什么仇恨，而是对于她们生活习惯都合不来。也不管什么日子，黑天白日，黄钱白钱——纸钱——足烧一气，口中念念有词，我确是看不下去。再有是在门前买东西，为了一分钱，一棵菜，绝不善罢甘休买成功，必得为少一两分量吵嚷半天，小贩们脸红脖子粗的走开。少奶奶管孩子，少爷吊嗓子，你能管得着么？碰巧还架上贱价无线电，吵得你"姑子不得睡，和尚不得安"。所以趁早不用找麻烦。

论到职业上，确是重大问题。如果同楼邻居是同行，当然不必每天见面，"今天天气，哈哈哈"，或者不至于遭人白眼，扭头不屑于理"你个穷酸教书匠"，大有"道不同不相为谋"的气概。有时还特别显示点大爷就是这股子劲，看着不顺眼，搬哪！于是乎下班之后约些朋友打打小牌。越是更深人静，红中白板叫得越响，碰巧就继续到天亮，叫车送客忙了一大阵，这且不提。

你遇见这样对头最好忍受。你若一干涉，好，事情更来得重，没事先拉拉胡琴，约个人唱两出。久而久之，来个"坐打二簧"，锣鼓一齐响，你不搬家还等着什么？想用功到时候了，人家却是该玩的时候；你说明天第一堂有课，人家十时多才上班。你想着票友散了，先睡一觉，人家楼上孩子全起来了，玩橄榄球，拉凳子，打铁壶又跟上了。心中老害怕薄薄一层楼板，早晚是全军覆没，盖上木头被褥，那才高兴呢！

一封客客气气的劝告信，满希望等楼上的先生下了班，送了过去，发生点效力。一会儿楼上老妈子推门进来说，我们太太不认识字，老爷不在家，太太说不收这封信。好吧，接过来，整个丢进字纸篓里。自愧没作公安局长。

一个月后，房子才算妥当了，半年为期，没有什么难堪条件。回来对她一说，她先摇头，难道楼下你还没住够？我说，这次可担保，一定没有以前所受的流弊。房子够住，地点适宜，离学校、菜市、大街都近，而且喜欢遇到整齐的院子，又带着一个大空后院，练球，跳远，打拳都行。再说楼上只住老夫妇俩，还是教育界。她点了点头。

两辆大敞车，把所有的动产，在一早晨都搬了过去，才又发现门口正对着某某宿舍三个敞口大垃圾箱。掩鼻而过可也！

大明湖之春

北方的春本来就不长,还往往被狂风给七手八脚的刮了走。济南的桃李丁香与海棠什么的,差不多年年被黄风吹得一干二净,地暗天昏,落花与黄沙卷在一处,再睁眼时,春已过去了!记得有一回,正是丁香乍开的时候,也就是下午两三点钟吧,屋中就非点灯不可了;风是一阵比一阵大,天色由灰而黄,而深黄,而黑黄,而漆黑,黑得可怕。第二天去看院中的两株紫丁香,花已像煮过一回,嫩叶几乎全破了!济南的秋冬,风倒很少,大概都留在春天刮呢。

有这样的风在这儿等着,济南简直可以说没有春天;那么,大明湖之春更无从说起。

济南的三大名胜,名字都起得好:千佛山,趵突泉,大明湖,都那么响亮好听!一听到"大明湖"这三个字,便联想到春光明媚和湖光山色等等，而心中浮现出一幅美景来。事实上，可是，它既不大，又不明，也不湖。

湖中现在已不是一片清水，而是用坝划开的多少块"地"。"地"外留着几条沟，游艇沿沟而走，即是逛湖。水田不需要多么深的水，所以水黑而不清；也不要急流，所以水定而无波。东一块莲；西一块蒲，土坝挡住了水，蒲苇又遮住了莲，一望无景，只见高高低低的"庄稼"。艇行沟内，如穿高粱地然，热气腾腾，碰巧了还臭气烘烘。夏天总算还好，假若水不太臭，多少总能闻到一些荷香，而且必能看到些绿叶儿。春天，则下有黑汤，旁有破烂的土坝；风又那么野，绿柳新蒲东倒西歪，恰似挣命。所以，它既不大，又不明，也不湖。

话虽如此，这个湖到底得算个名胜。湖之不大与不明，都因为湖已不湖。假若能把"地"都收回，拆开土坝，挖深了湖身，它当然可以马上既大且明起来：湖面原本不小，而济南又有的是清深的泉水呀。这个，也许一时作不到。不过，即使作不到这一步，就现状而言，它还应当算作名胜。北方的城市，要找有这么一片水的，真是好不容易了。千佛山满可以不算数儿，配作个名胜与否简直没多大关系，因为山在北方不是什么难找的东西呀。水，可太难找了。济南城内据说有七十二泉，城外有河，可是还非有湖不可。泉，池，河，湖，四者俱备，这才显出济南的特色与可贵。它是北方唯一的"水城"，这个湖是少不得的。设若我们游湖时，只见沟而不见湖，请到高处去看看吧，比如在千佛山上往北眺望，则见城北灰绿的一片——大明湖；城外，华鹊二山夹着弯弯的一道灰亮光儿——黄河。这才明白了济南的不凡，不但有水，而且是这样多呀。

况且，湖景若无可观，湖中的出产可是很名贵呀。懂得什么叫作美的人或者不如懂得什么好吃的人多吧，游过苏州的往往只记得此地的点心，逛过西湖的提起来便念道那里的龙井茶，藕粉与莼菜什么的，吃到肚子里的也许比一过眼的美景更容易记住，那么大明湖的蒲菜，茭白，白花藕，还真许是它驰名天下的重要原因呢。不论怎么说吧，这些东西既都是水产，多少总带着些南国风味；在夏天，青菜挑子上带着一束束的大白莲花菁葵出卖，在北方大概只有济南能这么"阔气"。

我写过一本小说——《大明湖》——在"一·二八"

与商务印书馆一同被火烧掉了。记得我描写过一段大明湖的秋景,词句全想不起来了,只记得是什么什么秋。桑子中先生给我画过一张油画,也画得是大明湖之秋,现在还在我的屋中挂着。我写的,他画的,都是大明湖,而且都是大明湖之秋,这里大概有点意思。对了,只是在秋天,大明湖才有些美呀。济南的四季,唯有秋天最好,晴暖无风,处处明朗。这时候,请到城墙上走走,俯视秋湖,败柳残荷,水平如镜;唯其是秋色,所以连那些残破的土坝也似乎正与一切景配合:土坝上偶尔有一两截断藕,或一些黄叶的野蔓,配着三五枝芦花,确是有些画意。"庄稼"已都收了,湖显着大了许多,大了当然也就显着明。不仅是湖宽水净,显着明美,抬头向南看,半黄的千佛山就在面前,开元寺那边的"橛子"——大概是个塔吧——静静的立在山头上。往北看,城外的河水很清,菜畦中还生着短短的绿叶。往南往北,往东往西,看吧,处处空阔明朗,有山有湖,有城有河,到这时候,我们真得到个"明"字了。桑先生那张画便是在北城墙上画的,湖边只有几株秋柳,湖中只有一只游艇,水作灰蓝色,柳叶儿半黄。湖外,他画上了千佛山,湖光山色,连成一幅秋图,明净,素净,柳梢上似乎吹着点不大能觉出来的微风。

对不起,题目是大明湖之春,我却说了大明湖之秋,可谁教亢德先生出错了题呢!

文艺副产品

——孩子们的事情

自从去年秋天辞去了教职,就拿写稿子挣碗"粥"吃——"饭"是吃不上的。除了星期天和闹肚子的时候,天天总动动笔,多少不拘,反正得写点儿。于是,家庭里就充满了文艺空气,连小孩们都到时候懂得说:"爸爸写字吧。"文艺产品并没能大量的生产,因为只有我这么一架机器,可是出了几样副产品,说说倒也有趣:

(一)自由故事。须具体的说来:

早九点,我拿起笔来。烟吸过三支,笔还没落到纸上一回。小济(女,实岁数三岁半)过来检阅,见纸白如旧,就先笑一声,而后说:"爸,怎么没有字呢?"

"待一会儿就有,多多的字!"

"啊！爸，说个故事？"

我不语。

"爸快说呀，爸！"她推我的肘，表示我即使不说，反正肘部动摇也写不了字。

这时候，小乙（男，实岁数一岁半，说话时一字成句，简当而有含蓄）来了，妈妈在后面跟着。

见生力军来到，小济的声势加旺："快说呀！快说呀！"

我放下笔："有那么一回呀——"

小乙："回！"

小济："你别说，爸说！"

爸："有那么一回呀，一只大白兔——"

小乙："兔兔！"

小济："别——"

小乙撇嘴。

妈："得，得，得，不哭！兔兔！"

小乙："兔兔！"泪在眼中一转，不知转到哪里去了。

爸："对了，有两只大白兔——"

小乙："泡泡！"

妈："小济，快，找小盆去！"

爸："等等，小乙，先别撒！"随小济作快步走，床下椅下，分头找小盆，至为紧张，且喊且走，"小盆在哪儿？"只在此屋中，云深不知处，无论如何，找不到小盆。

妈曳小乙疾走如风，入厕，风暴渐息。

归位，小济未忘前事："说呀！"

爸："那什么，有三只大白兔——"等小乙答声，我好想主意。

小乙尿后，颇镇定，把手指放在口中。

妈："不含手指，臭！"

小乙置之不理。

小济："说那个小猪吃糕糕的，爸！"

小乙："糕糕，吃！"他以为是到了吃点心的时候呢。

妈："小猪吃糕糕，小乙不吃。"

爸说了小猪吃糕糕。说完，又拿起笔来。

小济："白兔呢？"

颇成问题！小猪吃糕糕与白兔如何联到一处呢？

门外："给点什么吃啵，太太！"

小济小乙齐声："太太！"

全家摆开队伍，由爸代表，给要饭的送去铜子儿一枚。

故事告一段落。

这种故事无头无尾，变化万端，白兔不定几只，忽然转到小猪吃糕糕，若不是要饭的来解围，故事便当延续下去，谁也不晓得说到哪里去，故定名为"自由故事"。此种故事在有小孩子的家中非常方便好用，作者信口开河，随听者的启示与暗示而跌宕多姿。著者与听者打成一片，无隔膜抵触之处。其体裁既非童话，也非人话，乃一片行云流水，得天然之美，极当提倡。故事里毫无教训，而充分运用着作者与听者的想象，故甚可贵。

（二）新蝌蚪文：

在以前没有小孩的时候，我写废了稿纸，便扔在字纸篓里。自从小济会拿铅笔，此项废纸乃有出路，统统归她收藏。

我越写不上来，她越闹哄得厉害：逼我说故事，劝我带她上街，要不然就吃一个苹果，"小济一半，爸一半！"我没有办法，只好把刚写上三五句不像话的纸送给她："看这张大纸，多么白！去，找笔来，你也写字，好不好?"赶上她心顺,她就找来铅笔头儿,搬来小板凳,以椅为桌,开始写字。

她已三岁半,可是一个字不识。我不主张早教孩子们认字。我对于教养小孩,有个偏见——也许是"正"见:六岁以前,不教给他们任何东西;只劳累他们的身体,不劳累脑子。养得脸蛋儿红扑扑的,胳臂腿儿挺有劲,能蹦能闹,便是好孩子。过六岁,该受教育了,但仍不从严督促。他们有聪明,爱读书呢,好;没聪明而不爱读书呢,也好。反正有好身体才能活着,女的去作舞女,男的去拉洋车,大腿生活也就不错,不用着急。

这就可以想象到小济写的是什么字了:用铅笔一按,在格中按了个不小的黑点,突然往上或往下一拉,成个小蝌蚪。一个两个,一行两行,一次能写满半张纸。写完半张,她也照着爸的样子说:"该歇歇了!"于是去找弟弟玩耍,忘了说故事与吃苹果等要求。我就安心写作一会儿。

(三)卡通演义:

因为有书,看惯了,所以孩子们也把书当作玩艺儿。玩别的玩腻了,便念书玩。小乙的办法是把书挡住眼,口中嘟嘟嘟嘟；小济的办法是找图画念，口中唱着：一个小人儿，一个小鸟儿，又一个小人儿……

俩孩子最喜爱的一本是朋友给我寄来的一本英国卡通册子，通体都是画儿，所以俩孩子争着看。他们看小人儿，大人可受了罪，他们教我给"说"呀。篇篇是讽刺画儿，我怎么"说"呢？急中生智，我顺口答音，见机而作，就景生情，把小人儿全联到一处，成为完整而又变化很多的故事。

说完了，他们不记得，我也不记得；明天看，明天再编新词儿。英国的首相，在我们的故事里，叫作"大鼻子"；麦克唐纳是"大脑袋"，由小乙的建议呢，凡戴眼镜儿的都是"爸"——因为我戴眼镜儿。我们的故事总是很热闹，"大鼻子叼着烟袋锅，大脑袋张着嘴，没有烟袋，大鼻子不给他，大脑袋就生气，爸就来劝，得了，别生气……"

卡通演义比自由故事更有趣，因为照着图来说，总得设法就图造事，不能三只四只白兔的乱说。说的人既须费些思索，故事自然分外的动听，听者也就多加注意。现在，小乙不怕是把这本册子拿倒了，也能指出哪个是英国首相——"鼻!"歪打正着,这也许能帮助训练他们的观察能力;自然,没有这种好处,我们也都不在乎;反正我们的故事很热闹。

(四)改造杂志:

我们既能把卡通给孩子讲通了,那么,什么东西也不难改造了。我们每月固定的看《文学》,《中流》,《青年界》,《宇宙风》,《论语》,《西风》,《谈风》,《方舟》;除了《方舟》是定阅的,其余全是赠阅的。此外,我们还到小书铺里去"翻"各种刊物,看着题目好,就买回来。无论是什么刊物吧,都是先由孩子们看画儿,然后大人们念字。字,有时候把大人憋住,怎念怎念不明白。画,完全没有困难。普式庚的像,罗丹的雕刻,苏联的木刻……我们都能设法讲解明白了。无论什么严重的事,只要有图,一到我们家里便变成笑话。所以我们时常感到应向各刊物的编辑道歉,可是又不便于道歉,因为我们到底是看了,而且给它们另找出一种意义来呀。

(五)新年特刊:

这是我们家中自造的刊物:用铜钉按在墙上,便是壁画;不往墙上钉呢,便是活页的杂志。用不着花印刷费,也不必征求稿件，只须全家把"画来——卖画"的卖年画的包围住，花上两三毛钱，便能五光十色的得到一大堆图画。小乙自己是胖小子，所以也爱胖小子，于是胖小子抱鱼——"富贵有余"——胖小子上树——"摇钱树"——便算是由他主编，自成一组。小济是主编故事组："小叭儿狗会擀面"，"小小子坐门墩"，"探亲相骂"……都由她收藏管理，或贴在她的床前。戏出儿和渔家乐什么的算作爸与妈的，妈担任说明画上的事情，爸担任照着戏出儿整本的唱戏，文武昆乱，生末净旦丑，一概不挡，烦唱哪出就唱哪出。这一批年画儿能教全家有的说，有的看，有的唱，热闹好几个月。地上也是，墙上也是，都彩色鲜明，百读不厌。我们这个特刊是文艺、图画、戏剧、歌唱的综合；是国货艺术与民间艺术的拥护；是大人与小孩的共同恩物。看完这个特刊，再看别的杂志，我们觉得还是我们自家的东西应属第一。

好啦，就说到此处为止吧。

理想的文学月刊

刊期：准每月一日刊发，永不差日子。

封面：素的与花的相间，半年素，半年花。素的是浅黄或乳白的纸，由有名的书家题字，只题刊名也好，再写上一首诗或几句散文也好。一回一换，永不重复。花的是由名画家绘图，中西画都可以，不要图案画。一面一换，永不重复。封面外套玻璃纸，以免摸脏了字画。每期封面能使人至少出神的看上几分钟，有的人甚至于专收藏它们，裱起来当册页看。

插图：永远没有死猫瞪眼的写家肖像或其他的相片；只要是图，便是由画家现绘的。每期必有一篇创作带着插图，墨的或全色套版的，最忌一块红一块黑的两色或三色版。

字数：每期至多十万字，至少六万字。永无肥猪似的特大号，亦不扯着何仙姑叫舅妈出什么专刊。遇有出专刊的必要，另出附册，字数无定。

广告：只登文人们的启事：某某卖稿，某某买书或卖书，某某与某某结婚或离婚，某某声明某某是东西或不是东西……启事都须文美字佳，一律影印。文劣字丑者不收，文字兼好者白登，且赠阅本刊。新书广告另附活页，随刊奉赠。

内容：每期有顶难读的文学理论一篇，长约万字左右，须一星期方能读完，每一句都须咂摸半天，都值得记住；受罪一周，而后痛快一个月，永不想自杀。创作：小说两三篇，至长的三四万字，至短的五千字；诗四五首；短剧一篇。书评：每期至少六篇，每篇不过二千字。翻译：限于现代的名著，洋古董一概不要。译文本身须成为文艺，以免带售立止头疼散。卷头语，感言，骂街，编后记，都没有。遇有十万左右字的长篇，须三四期登完。无论何项稿件都是文责自负，每篇之后注有作者简单的履历，及详细的住址——老家的，寄居的，服务机关的，岳丈家的……以便侦探直接捉拿——假如文字失之过激或欠激的话——与本刊无涉。不幸本刊吃了罣误官司，会计部存有基金，可提用为运动费，也不至被封禁。

编辑：理论，创作，翻译……都有编辑一人至四人负责，成若干组。发稿之前，各组将选好之件及落选之件送交总编辑审阅。每篇须有详明的朱批，好的地方画圈（不必印上），坏的地方拉杠（不必印上）。总编辑看过了，更抽出选好及落选之件各一篇，使各该组编辑背述篇中大意；背不出自然是没看过，当即免职。各组文字的排法，格式，字体，插图，自由规定，除纸张须一边儿大外，别无限制，花钱多不在乎。一切稿件认稿不认人，无老作家新作家与半老半新作家之分，稿费一律二十元千字，如遇作家丁忧闹病或要自杀的可以优待一些。发稿即发稿费，决不拖欠。落选之稿及早退回，并附函详细说明文字的缺点。如作者不服而在别的刊物上发牢骚，则由编辑部极客气的极详细的答辩，登载国内各大报纸。作者还不服，而且易讨论为叫骂，则由编辑部雇用国术名家，前去比武，文章必有武备，以免骂上没完也。

定价：每期售价一角。

画像

前些日子，方二哥在公园里开过"个展"，有字有画，画又分中画西画两部。第一天到会参观的有三千多人，气晕了多一半，当时死了四五十位。

据我看，方二哥的字确是不坏，因为墨色很黑，而且缺着笔划的字也还不算多。可是方二哥自己偏说他的画好。在"个展"中，中画的杰作——他自己规定的——是一张人物。松树底下坐着俩老头儿。确是松树，因为他题的是"松声琴韵"。他题的是松，我要是说像榆树，不是找着打架吗？所以我一看见标题就承认了那是松树：为朋友的面子有时候也得叫良心藏起一会儿去。对于那俩老头儿，我可是没法不言语了。方二哥的俩老头儿是一顺边坐着，大小一样，衣装一样，方向一样，活像是先画了一个，然后又照描了一个。"这是怎么个讲究?"我问他。

"这?俩老头儿鼓琴!"他毫不迟疑的回答。

"为什么一模一样?"我问的是。

"怎么?不许一模一样吗?"他的眼里已然冒着点火。

"那么你不会画一个向左,一个向右?"

"讲究画成一样!这是艺术!"他冷笑着。

我不敢再问了,他这是艺术。

又去看西画。他还跟着我。虽然他不很满意我刚才的质问,可究竟是老朋友,不好登时大发脾气。再说,我已承认了他这是艺术。

西画的杰作,他指给我,是油画的几棵鸡冠花,花下有几个黑球。不知为什么标签上只写了鸡冠花,而没管那些黑球。要不是先看了标签,要命我也想不起鸡冠花来——一些红道子夹着蓝道子,我最初以为是阴丹士林布衫上洒了狗血,后来才悟过来那是我永不能承认的鸡冠花。那些黑球是什么呢?不能也是鸡冠花吧?我不能不问了,不问太憋得慌。"那些黑玩艺是什么?"

"黑玩艺?!!!"他气得直瞪眼,"那是鸡!你站远点看！"

我退了十几步，歪着头来回的端详，还是黑球。可是为保全我的性命，我改了嘴："可不是鸡！一边儿大，一样的黑；这是艺术！"

方二哥天真的笑了："这是艺术。好了，这张送给你了！"

我可怪不好意思接受，他这张标价是一千五百元呢。送点小礼物，我们俩的交情确是过得着；一千五，这可不敢当！况且拿回家去，再把老人们气死一两位，也不合算。我不敢要。

我正谦谢，方二哥得了灵感："不要这张也好，另给你画一张，我得给你画像；你的脸艺术！"

我心里凉了！不用说，我的脸不是像块砖头，就是像个黑蛋。要不然方二哥怎说它长得艺术呢？我设尽方法拦阻他：没工夫；不够被画的资格；坐定了就抽风……他不听这一套，非画不可；第二天还就得开始，灵感一到，机关枪也挡不住；不画就非疯了不可！我没了办法。为避免自己的脸变成黑蛋，而叫方二哥入疯人院，我不忍。画就画吧。我可是绕着弯儿递了个口语："二哥，可画细致一点。家里的人不懂艺术,他们专看像不像。我自己倒没什么,你就画个黑球而说是我,我也能欣赏。"

"艺术是艺术,管他们呢!"方二哥说,"明天早晨八点,一准!"

我没说出什么来,一天没吃饭。

第二天,还没到八点,方二哥就来了;灵感催的。喝,拿着的东西多了,都挂着颜色。把东西堆在桌上,他开始惩治我。叫我坐定不动,脸儿偏着,脖子扭着,手放在膝上,别动,连眼珠都别动。我吓开了神。他进三步,退两步,向左歪头,抓抓头发,又向右看,挤挤眼睛。闹腾了半点多钟,他说我的鼻子长的不对。得换个方向,给鼻子点光。我换过方向来,他过来弹弹我的脑门,拉拉耳朵,往上兜兜鼻子,按按头发;然后告诉我不要再动。我不敢动。他又退后细看,头上出了汗。还不行,我的眼不对。得换个方向,给眼睛点光。我忍不住了,我把他推在椅子上,照样弹了他的脑门,拉了他的耳朵……
"我给你画吧!"我说。

为艺术,他不能跟我赌气。他央告我再坐下:"就画,就画!"

我又坐好,他真动了笔。一劲嘱咐我别动。瞪我一眼,回过头去抹一个黑蛋;又瞪我一眼,在黑蛋上戳上几个绿点;又回过头来,向我的鼻子咧嘴,好像我的鼻子有毒似的。画了一点多钟,他累得不行了,非休息不可,仿佛我歪着头倒使他脖子酸了。我一边揉着脖子,一边去细看他画了什么。很简单,几个小黑蛋凑成的一个大黑蛋,黑蛋上有些高起的绿点。

"这是不是煤球上长着点青苔?"我问。

"别忙啊,还得画十天呢。"他看着大煤球出神。

"十天?我还得坐十天?"

"啊!"

当天下午,我上了天津。两天后,家中来信说:方二哥疯了。疯了就疯了吧,我有什么办法呢?

四位先生

吴组缃先生的猪

从青木关到歌乐山一带,在我所认识的文友中要算吴组缃先生最为阔绰。他养着一口小花猪。据说,这小动物的身价,值六百元。

每次我去访组缃先生,必附带的向小花猪致敬,因为我与组缃先生核计过了:假若他与我共同登广告卖身,大概也不会有人出六百元来买!

有一天,我又到吴宅去。给小江——组缃先生的少爷——买了几个比醋还酸的桃子。拿着点东西,好搭讪着骗顿饭吃,否则就太不好意思了。一进门,我看见吴太太的脸比晚日还红。我心里一想,便想到了小花猪。假若小花猪丢了,或是出了别的毛病,组缃先生的阔绰便马上不存在了！一打听，果然是为了小花猪：它已绝食一天了。我很着急，急中生智，主张给它点奎宁吃，恐怕是打摆子。大家都不赞同我的主张。我又建议把它抱到床上盖上被子睡一觉，出点汗也许就好了；焉知道不是感冒呢？这年月的猪比人还娇贵呀！大家还是不赞成。后来，把猪医生请来了。我颇兴奋，要看看猪怎么吃药。猪医生把一些草药包在竹筒的大厚皮儿里，使小花猪横衔着，两头向后束在脖子上：这样，药味与药汁便慢慢走入里边去。把药包儿束好，小花猪的口中好像生了两个翅膀，倒并不难看。

虽然吴宅有此骚动，我还是在那里吃了午饭——自然稍微的有点不得劲儿！

过了两天，我又去看小花猪——这回是专程探病，绝不为看别人；我知道现在猪的价值有多大——小花猪口中已无那个药包，而且也吃点东西了。大家都很高兴，我就又就棍打腿的骗了顿饭吃，并且提出声明：到冬天，得分给我几斤腊肉！组缃先生与太太没加任何考虑便答应了。吴太太说："几斤？十斤也行！想想看，那天它要是一病不起……"大家听罢，都出了冷汗！

马宗融先生的时间观念

马宗融先生的表大概是、我想是一个装饰品。无论约他开会,还是吃饭,他总迟到一个多钟头,他的表并不慢。

来重庆,他多半是住在白象街的作家书屋。有的说也罢,没的说也罢,他总要谈到夜里两三点钟。假若不是别人都困得不出一声了,他还想不起上床去。有人陪着他谈,他能一直坐到第二天夜里两点钟。表、月亮、太阳,都不能引起他注意到时间。

比如说吧,下午三点他须到观音岩去开会,到两点半他还毫无动静。"宗融兄,不是三点,有会吗?该走了吧?"有人这样提醒他,他马上去戴上帽子,提起那有茶碗口粗的木棒,向外走。"七点吃饭。早回来呀!"大家告诉他。他回答声"一定回来",便匆匆地走出去。

到三点的时候,你若出去,你会看见马宗融先生在门口与一位老太婆,或是两个小学生,谈话儿呢!即使不是这样,他在五点以前也不会走到观音岩。路上每遇到一位熟人，便要谈，至少有十分钟的话。若遇上打架吵嘴的，他得过去解劝，还许把别人劝开，而他与另一位劝架的打起来！遇上某处起火，他得帮着去救。有人追赶扒手，他必然得加入，非捉到不可。看见某种新东西，他得过去问问价钱，不管买与不买。看到戏报子，马上他去借电话，问还有票没有……这样，他从白象街到观音岩，可以走一天，幸而他记得开会那件事，所以只走两三个钟头，到了开会的地方，即使大家已经散了会，他也得坐两点钟，他跟谁都谈得来，都谈得有趣，很亲切，很细腻。有人随便哼了一句二簧，他立刻请教给他；有人刚买一条绳子，他马上拿过来练习跳绳——五十岁了啊！

七点，他想起来回白象街吃饭，归路上，又照样的劝架，救火，追贼，问物价，打电话……至早，他在八点半左右走到目的地。满头大汗，三步当作两步走的。他走了进来，饭早已开过了。

所以，我们与友人定约会的时候，若说随便什么时间，早晨也好，晚上也好，反正我一天不出门，你哪时来也可以，我们便说"马宗融的时间吧"！

姚蓬子先生的砚台

作家书屋是个神秘的地方,不信你交到那里一份文稿,而三五日后再亲自去索回,你就必定不说我扯谎了。

进到书屋,十之八九你找不到书屋的主人——姚蓬子先生。他不定在哪里藏着呢。他的被褥是稿子,他的枕头是稿子,他的桌上、椅上、窗台上……全是稿子。简单的说吧,他被稿子埋起来了。当你要稿子的时候,你可以看见一个奇迹。假如说尊稿是十张纸写的吧,书屋主人会由枕头底下翻出两张,由裤袋里掏出三张,书架里找出两张,窗子上揭下一张,还欠两张。你别忙,他会由老鼠洞里拉出那两张,一点也不少。

单说蓬子先生的那块砚台,也足够惊人了!那是块无法形容的石砚。不圆不方,有许多角儿,有任何角度。有一点沿儿,豁口甚多,底子最奇,四周翘起,中间的一点凸出,如元宝之背,它会像陀螺似的在桌上乱转,还会一头高一头低地倾斜,如浪中之船。我老以为孙悟空就是由这块石头跳出去的!

到磨墨的时候，它会由桌子这一端滚到那一端，而且响如快跑的马车。我每晚十时必就寝，而对门儿书屋的主人要办事办到天亮。从十时到天亮，他至少研十次墨，一次比一次响——到夜最静的时候，大概连南岸都感到一点震动。从我到白象街起，我没做过一个好梦，刚一入梦，砚台来了一阵雷雨，梦为之断。在夏天，砚一响，我就起来拿臭虫。冬天可就不好办，只好咳嗽几声，使之闻之。

现在，我已交给作家书屋一本书，等到出版，我必定破费几十元，送给书屋主人一块平底的，不出声的砚台！

何容先生的戒烟

首先要声明：这里所说的烟是香烟，不是鸦片。

从武汉到重庆，我老同何容先生在一间屋子里，一直到前年八月间。在武汉的时候，我们都吸"大前门"或"使馆"牌；小大"英"似乎都不够味儿。到了重庆，小大"英"似乎变了质，越来越"够"味儿了，"前门"

与"使馆"倒仿佛没了什么意思。慢慢的,"刀"牌与"哈德门"又变成我们的朋友,而与小大"英",不管是谁的主动吧,好像冷淡得日甚一日,不久,"刀"牌与"哈德门"又与我们发生了意见,差不多要绝交的样子。何容先生就决心戒烟!

在他戒烟之前,我已声明过:"先上吊。后戒烟!"本来吗,"弃妇抛雏"的流亡在外,吃不敢进大三元,喝么也不过是清一色(黄酒贵,只好吃点白干),女友不敢去交,男友一律是穷光蛋,住是二人一室,睡是臭虫满床,再不吸两支香烟,还活着干吗?可是,一看何容先生戒烟,我到底受了感动,既觉自己无勇,又钦佩他的伟大;所以,他在屋里,我几乎不敢动手取烟,以免动摇他的坚决!

何容先生那天睡了十六个钟头,一支烟没吸!醒来,已是黄昏,他便独自走出去。我没敢陪他出去,怕不留神递给他一支烟,破了戒!掌灯之后,他回来了,满面红光,含着笑,从口袋中掏出一包土产卷烟来。"你尝尝这个,"他客气地让我,"才一个铜板一支!有这个,似乎就不必戒烟了!没有必要!"把烟接过来,我没敢说什么，怕伤了他的尊严。面对面的，把烟燃上，我俩细细地欣赏。头一口就惊人，冒的是黄烟，我以为他误把爆竹买来了！听了一会儿，还好，并没有爆炸，就放胆继续地吸。吸了不到四五口，我看见蚊子都争着向外边飞，我很高兴。既吸烟，又驱蚊，太可贵了！再吸几口之后，墙上又发现了臭虫，大概也要搬家，我更高兴了！吸到了半支，何容先生与我也跑出去了，他低声地说："看样子，还得戒烟！"

何容先生二次戒烟，有半天之久。当天的下午，他买来了烟斗与烟叶。"几毛钱的烟叶，够吃三四天的，何必一定戒烟呢！"他说。吸了几天的烟斗，他发现了：（一）不便携带；（二）不用力，抽不到；用力，烟油射在舌头上；（三）费洋火；（四）须天天收拾，麻烦！有此四弊，他就戒烟斗，而又吸上香烟了。"始作卷烟者，其无后乎！"他说。

最近二年，何容先生不知戒了多少次烟了，而指头上始终是黄的。

梦想的文艺

我盼望总会有那么一天，我可以随便到世界任何地方去，而没有人偷偷的跟在我的背后，没有人盘问我到哪里去和干什么去，也没有人检查我的行李。那就是我的理想世界！在那个世界里，我爱写什么便写什么，正如同我爱到何处去便到何处那样。我相信，在那个世界里，文艺将是讲绝对的真理的，既不忌讳什么而吞吞吐吐，也不因遵守标语口号而把某一帮一行的片面，当作真理。那时候，我的笔下对真理负责，而不帮着张三或李四去辩论曲直是非——他们俩最好找律师去解决那些鸡毛蒜皮的事。

那时候，我若到了德国，便直言无隐的告诉德国人，他们招待客人还太拘形式，使我感到不舒服。（德国人在那时候当然已早忘了制造战争，而很忠诚的制造阿司匹灵。）他们听了并不生气，而赶快去研究怎样可以不拘形式而把客人招待得从心眼里觉得安逸。同样的，我可以在伦敦讽刺英国的士大夫：他们为什么那样注意戴礼帽，拿雨伞，而不设法去消灭或减少伦敦的黑雾。那些有幽默感的英国人笑着接受了我的暗示，于是国会决议：每天起飞五千架重轰炸机往下洒极细的砂子，把黑雾过滤成白雾，而伦敦市民就一律因此增寿十年。

我的笔将是温和的，微微含笑的，不发气的，写出聪明的合理的话。我不必粗脖子红脸的叫喊什么，那样是会使文字粗糙，失去美丽的。我不必顾虑我的话会引来棍棒与砖头，除非我是说了谎或乱骂了人。那时候的社会上求真的习尚，使写家必须像先知似的说出警告，那时候人们的审美力的提高，使作家必须唱出他的话语，像春莺似的美妙。

昨天我听见一个四十多岁的汉子，对一个十九岁的学生说："你要真理？我的话便是真理！听从我的话便是听从真理！我这个真理会教你有衣有食，有津贴好拿！在我的真理以外，你要想另找一个，你便会找到监狱，毒刑，死亡！想想看，你才十九岁，青春多么可爱呀！"

这几句话使我颤抖了好大半天。我不晓得那个十九岁的孩子后来怎样回答,我一声没出。我可是愿意说出我的愿望,尽管那个愿望是永不会实现的梦想!

狗

中国狗恐怕是世界上最可怜最难看的狗。此处之"难看"并不指狗种而言,而是与"可怜"密切相关。无论狗的模样身材如何,只要喂养得好,它便会长得肥肥胖胖的,看着顺眼。中国人穷。人且吃不饱,狗就更提不到了。因此,中国狗最难看;不是因为它长得不体面,而是因为它骨瘦如柴,终年夹着尾巴。

每逢我看见被遗弃的小野狗在街上寻找粪吃,我便要落泪。我并非是爱作伤感的人,动不动就要哭一鼻子。我看见小狗的可怜,也就是感到人民的贫穷。民富而后猫狗肥。

中国人动不动就说:我们地大物博。那也就是说,我们不用着急呀,我们有的是东西,永远吃不完喝不尽哪!哼,请看看你们的狗吧!

还有：狗虽那么摸不着吃，（外国狗吃肉，中国狗吃粪；在动物学上，据说狗本是食肉兽。）那么随便就被人踢两脚，打两棍，可是它们还照旧的替人们服务。尽管它们饿成皮包着骨，尽管它们刚被主人踹了两脚，它们还是极忠诚的去尽看门守夜的责任。狗永远不嫌主人穷。这样的动物理应得到人们的赞美，而忠诚、义气、安贫、勇敢，等等好字眼都该归之于狗。可是，我不晓得为什么中国人不分黑白的把汉奸与小人叫作走狗，倒仿佛狗是不忠诚不义气的动物。我为狗喊冤叫屈！

猫才是好吃懒作，有肉即来，无食即去的东西。洋奴与小人理应被叫作"走猫"。

或者是因为狗的脾气好，不像猫那样傲慢，所以中国人不说"走猫"而说"走狗"？假若真是那样，我就又觉得人们未免有点"软的欺，硬的怕"了！

不过，也许有一种狗，学名叫作"走狗"；那我还不大清楚。

大智若愚

学会了作文章，（文章不一定就是文艺，）而后中了状元，而后无灾无病作到公卿，这恐怕是历来的文人的最如意的算盘。相传既久，心理就不易一时改变过来；于是在今天也许还有不少的人想用文章猎取利禄与声名。可是，这个心理必须改变，因为它正是把文艺置之死地的祸根。

要搞文艺就必先决定去牺牲。你要忘了个人的利益与幸福，你才能作一辈子文人，为文艺而生，为文艺而死。在物质享受上，稿费版税永远不能比囤积走私的来头大；在精神上，思想永远是自取烦恼的东西。相安无事便是一夜无话，文艺也就无从产生。不甘相安无事，你便必苦心焦虑的思索，而后把那最好的，最有价值的话说出来，而后你还要认真的去驳辩，勇敢的作真理的律师。

这些，都给你带来痛苦，也许会要掉了脑袋。好话永远不甜蜜悦耳，而真理永远是用生命换得来的。

这样的说来，你假若想要以一半篇作品取个文艺者的头衔，从而展开一条小小的路径，去弄点钱花，娶个相当漂亮的太太，或且作一番与文艺无关的事业，则似乎大可不必，因为文艺最忌敷衍，最忌脚踩两只船；顶好卖什么吆喝什么，大不该只在"好玩"，或"方便"上耍些玄虚。

只要你一想到为文艺服役，你就须马上想到一切苦处，像要去作和尚那样斩尽尘根，硬是准备满身虱子连搔也不去搔一下！你要知道，凡是要救世的都须忘了自己，丧掉了自己的生命。

你要准备下那最高的思想与最深的感情，好长出文艺的花朵，切不可只在文字上用功夫，以文字为神符。文字不过是文艺的工具。一把好锯并不能使人变为好木匠。

即使那是真的，你也不要先去揣摩某人怎么仗着舅舅的力量而印出两本书，或某人怎么出巧计而作了编辑，从而千方百计的去仿效。文艺中无巧可取，你千万别自骗骗人！你知道，文艺者对别人是"大智"，对自己却是"大愚"！

"住"的梦

在北平与青岛住家的时候,我永远没想到过:将来我要住在什么地方去。在乐园里的人或者不会梦想另辟乐园吧。

在抗战中,在重庆与它的郊区住了六年。这六年的酷暑重雾,和房屋的不像房屋,使我会作梦了。我梦想着抗战胜利后我应去住的地方。

不管我的梦想能否成为事实,说出来总是好玩的:

春天,我将要住在杭州。二十年前,我到过杭州,只住了两天。那是旧历的二月初,在西湖上我看见了嫩柳与茶花,碧浪与翠竹。山上的光景如何?没有看到。三、四月的莺花山水如何,也无从晓得。但是,由我看到的那点春光,已经可以断定杭州的春天必定会教人整天生活在诗与图画中的。所以,春天我的家应当是在杭州。

夏天，我想青城山应当算作最理想的地方。在那里，我虽然只住过十天，可是它的幽静已拴住了我的心灵。在我所看见过的山水中，只有这里没有使我失望。它并没有什么奇峰或巨瀑，也没有多少古寺与胜迹，可是，它的那一片绿色已足使我感到这是仙人所应住的地方了。到处都是绿，而且都是像嫩柳那么淡，竹叶那么亮，蕉叶那么润，目之所及，那片淡而光润的绿色都在轻轻的颤动，仿佛要流入空中与心中去似的。这个绿色会像音乐似的，涤清了心中的万虑，山中有水，有茶，还有酒。早晚，即使在暑天，也须穿起毛衣。我想，在这里住一夏天，必能写出一部十万到二十万的小说。

假若青城去不成，求其次者才提到青岛。我在青岛住过三年，很喜爱它。不过，春夏之交，它有雾，虽然不很热，可是相当的湿闷。再说，一到夏天，游人来的很多，失去了海滨上的清静。美而不静便至少失去一半的美。最使我看不惯的是那些喝醉的外国水兵与差不多是裸体的，而没有曲线美的妓女。秋天，游人都走开，这地方反倒更可爱些。

不过，秋天一定要住北平。天堂是什么样子，我不晓得，但是从我的生活经验去判断，北平之秋便是天堂。论天气，不冷不热。论吃食，苹果，梨，柿，枣，葡萄，都每样有若干种。至于北平特产的小白梨与大白海棠，恐怕就是乐园中的禁果吧，连亚当与夏娃见了，也必滴下口水来！果子而外，羊肉正肥，高粱红的螃蟹刚好下市，而良乡的栗子也香闻十里。论花草，菊花种类之多，花式之奇，可以甲天下。西山有红叶可见，北海可以划船——虽然荷花已残，荷叶可还有一片清香。衣食住行，在北平的秋天，是没有一项不使人满意的。即使没有余钱买菊吃蟹，一两毛钱还可以爆二两羊肉，弄一小壶佛手露啊！

冬天，我还没有打好主意，香港很暖和，适于我这贫血怕冷的人去住，但是"洋味"太重，我不高兴去。广州，我没有到过，无从判断。成都或者相当的合适，虽然并不怎样和暖，可是为了水仙，素心腊梅，各色的茶花，与红梅绿梅，仿佛就受一点寒冷，也颇值得去了。昆明的花也多，而且天气比成都好，可是旧书铺与精美而便宜的小吃食远不及成都的那么多，专看花而没有书读似乎也差点事。好吧，就暂时这么规定：冬天不住成都便住昆明吧。

在抗战中，我没能发了国难财。我想，抗战结束以后，我必能阔起来，唯一的原因是我是在这里说梦。既然阔起来，我就能在杭州，青城山，北平，成都，都盖起一所中式的小三合房，自己住三间，其余的留给友人们住。房后都有起码是二亩大的一个花园，种满了花草；住客有随便折花的，便毫不客气的赶出去。青岛与昆明也各建小房一所，作为候补住宅。各处的小宅，不管是什么材料盖成的，一律叫作"不会草堂"——在抗战中，开会开够了，所以永远"不会"。

那时候，飞机一定很方便，我想四季搬家也许不至于受多大苦处的。假若那时候飞机减价，一二百元就能买一架的话，我就自备一架，择黄道吉日慢慢的飞行。

兔儿爷

我好静，故怕旅行。自然，到过的地方就不多了。到的地方少，看的东西自然也就少。就是对于兔儿爷这玩艺也没有看过多少种。

稍为熟习的只有北方几座城：北平，天津，济南和青岛。在这四个名城里，一到中秋，街上便摆出兔儿爷来——就是山东人称为兔子王的泥人。兔儿爷或兔子王都是泥作的。兔脸人身，有的背后还插上纸旗，头上罩着纸伞。种类多，作工细，要算北平。山东的兔子王样式既少，手工也很糙。

泥人本有多种，可是因为不结实，所以作得都不太精细；给小儿女买玩艺儿，谁也不愿多花钱买一碰即碎的呀。兔儿爷虽也系泥人，但售出的时间只在八月节前的半个月左右，与月饼同为迎时当令的东西，故不妨作得精细一些。况且小儿女们每愿给兔儿爷上供，置之桌上，不像对待别种泥娃娃那么随便，于是也就略为减少碰碎的危险。这样，兔儿爷便获得较优越的地位，而能每年一度很漂亮的出现于街头。

中秋又到了，北平等处的兔儿爷怎样呢？

我可以想象到：那些粉脸彩衣，插旗打伞的泥人们一定还是一行行的摆在街头，为暴敌粉饰升平啊！

听说敌人这些日子，正在北平大量的焚书，几乎凡不是木板的图书都可以遭到被投入火里的厄运。学校里，人家里，都没有了书，而街头上到处摆出兔儿爷，多么好的一种布置呢！暴敌要的是傀儡呀！

友人来信，说平津大雨，连韭菜都卖到三吊钱（与重庆的"吊"同值）一束，粗粮也卖到一毛多一斤。谁还买得起兔儿爷呢？大概也就是在市上摆几天，给大家热闹热闹眼睛吧？

因而就想到那些高等汉奸，到时候，他们就必出来。正如桂花一开，兔子王便上市。他们的脸很体面，油光水滑的，只可惜鼻下有个三瓣子嘴，而头上有一对长耳朵。他们的身上也花花绿绿，足下登起粉底高靴。身腔里可是空空的，脊背有个泥团儿，为插旗伞之用；旗伞都是纸作的。他们多体面，多空虚，多没有心肝呢！他们唯一的好处似乎只在有两个泥膝，跪下很方便。

兔儿爷怕遇上淘气的孩子，左搬右弄，它脸上的粉，身上的彩，便被弄污；不幸而孩子一失手，全身便变成若干小片片了。孩子并不十分伤心，有钱便能再买一个呀。幸而支持过了中秋，并未粉碎；可又时节已过，谁还有心玩兔子王呢？最聪明的傀儡也不过是些小土片呀！那些带活气的兔子王，越漂亮，我就越替他们担心；小日本鬼子不但淘气，而且是世上最凶狠的孩子啊。兔子王的寿命无论如何过不去中秋，我真想为那些粉墨登场的傀儡们落泪了。

抗战建国须凭真实本领与浩然正气，只能迎时当令充兔子王的，不作汉奸，也是废物。那么，我们不仅当北望平津，似乎也当自省一下吧？

给赵景深的一封信

景深兄：

　　元帅发来紧急令：内无粮草外无兵！小将提枪上了马，《青年界》上走一程。呔！马来！

　　参见元帅。带来多少人马？两千来个字！还都是老弱残兵！后帐休息！得令！正是：旌旗明日月，杀气满山头！祝

　　吉~

弟舍予躬

出版说明

"大家小书"多是一代大家的经典著作,在还属于手抄的著述年代里,每个字都是经过作者精琢细磨之后所拣选的。为尊重作者写作习惯和遣词风格、尊重语言文字自身发展流变的规律,为读者提供一个可靠的版本,"大家小书"对于已经经典化的作品不进行现代汉语的规范化处理。

提请读者特别注意。

北京出版社